Alfred Wallon

Kommando Zero

Band 1: Mission Kabul

EK-2 Militär

Kommando Zero

Ihre Zufriedenheit ist unser Ziel!

Liebe Leser, liebe Leserinnen,

zunächst möchten wir uns herzlich bei Ihnen dafür bedanken, dass Sie dieses Buch erworben haben. Wir sind ein kleines Familienunternehmen aus Duisburg und freuen uns riesig über jeden einzelnen Verkauf!

Mit unserem Label *EK-2 Militär* möchten wir militärische und militärgeschichtliche Themen sichtbarer machen und Leserinnen und Leser begeistern.

Vor allem aber möchten wir, dass jedes unserer Bücher **Ihnen ein einzigartiges und erfreuliches Leseerlebnis** bietet. Daher liegt uns Ihre Meinung ganz besonders am Herzen!

Wir freuen uns über Ihr Feedback zu unserem Buch. Haben Sie Anmerkungen? Kritik? Bitte lassen Sie es uns wissen. Ihre Rückmeldung ist wertvoll für uns, damit wir in Zukunft noch bessere Bücher für Sie machen können.

Schreiben Sie uns: info@ek2-publishing.com

Nun wünschen wir Ihnen ein angenehmes Leseerlebnis!

Heiko, Jill & Moni
Von EK-2 Publishing

Hintergrundinfo zum vorliegenden Roman

Die Welt beginnt sich zu verändern. Aus ehemaligen Verbündeten sind Feinde geworden, und die einstigen gemeinsamen politischen Interessen sind nicht mehr die gleichen. Daraus entstehen Krisenherde in einigen Ländern, die zu Unruhen auch in den angrenzenden Staaten führen. Nicht immer gelingt es den jeweiligen Regierungen, diese Konflikte friedlich oder diplomatisch zu lösen. Sehr oft bleibt nur noch eine gewaltsame Lösung, die dann zu weiteren Eskalationen führt. Um einen Flächenbrand zu verhindern, werden Spezialeinheiten eingesetzt, um mit einem raschen und gezielten Angriff diese Feinde auszuschalten und wieder für Ruhe zu sorgen.

Viele Staaten oder Regierungen wissen zwar davon, dass solche Einheiten existieren, aber man scheut sich davor, diese offen zu unterstützen oder ihnen zu befehlen, eine Operation durchzuführen. Dies geschieht meistens verdeckt, und niemand weiß, welche Regierung oder sonstige Gruppierungen solch einen Auftrag initiieren. Es zählt nur das Ergebnis am Ende, und damit dies schnell über die Bühne geht, bedarf es einer besonders gut geschulten und trainierten Truppe, die kein Risiko scheut und deren Arbeit dann beginnt, wenn andere längst aufgegeben haben.

Eine solche Spezialeinheit ist KOMMANDO ZERO, die aus insgesamt zehn Männern und Frauen besteht. Diese verfügen über genügend Erfahrung, um solche Krisen zu meistern und fast unlösbare Herausforderungen anzunehmen. Auch wenn ihr eigenes Leben auf dem Spiel steht. KOMMANDO ZERO ist eine Einheit, die nur sich selbst verpflichtet ist und offiziell auch nicht von einer Regierung eingesetzt wird. Dies erfolgt über Mittelsmänner, die dann den Vertrag aushandeln. KOMMANDO ZERO ist eine Söldnertruppe, die man immer dann ruft, wenn es keinen anderen Weg mehr gibt. Das Risiko ist hoch und die Prämie für den Einsatz mehr als verlockend. Jeder weiß, dass eine neue Mission auch der letzte Kampf für ihn sein könnte.

KOMMANDO ZERO sind:

David Heller - deutscher Afghanistan-Veteran (Oberst). Nicht mehr aktiv für die Bundeswehr tätig, wird aber hin und wieder um Rat gefragt

Leo Pieringer - gebürtiger Österreicher, die rechte Hand Hellers. Erfahrener Ex-Legionär, der in Afrika im Einsatz war

Hans de Groot - gebürtiger Niederländer, Computerexperte und guter Logistiker

Marcel Becaud - Franzose, der nur wegen des Geldes kämpft. Ein Mann ohne große Emotionen, aber man kann sich zu mehr als 100 % auf ihn verlassen.

Sylvie Durand - wer sie zum ersten Mal sieht, würde niemals glauben, dass sie ausgebildete Elitesoldatin ist und auch asiatische Kampftaktiken beherrscht.

Patrick Johnson - englischer und langjähriger Ex-Offizier mit großer Erfahrung

Evelyn Berg - nach ihrer Bundeswehrzeit hat sie begriffen, dass sie das Risiko braucht. Sie teilt Becauds Ansichten.

Bill Taylor - Ex Navy-SEAL aus Texas, ist vor drei Jahren zum KOMMANDO ZERO gestoßen und seitdem bei fast jedem Einsatz dabei.

Maria Hernandez - sie war Leibwächterin eines Ex-Drogenbosses und hat Gewalt und Tod kennengelernt.

Ben Cutler - Farbiger, einstmals NSA-Agent, jetzt über Bill Taylor zum KOMMANDO ZERO gestoßen.

KOMMANDO ZERO kann man über eine Kontaktadresse in Berlin erreichen. Innerhalb von 24 Stunden kommt die Truppe dann zusammen, und es werden konkrete Pläne beschlossen, wie der neue Einsatz aussieht.

Kapitel 1:

Julia Wendts Entführung

2. März 2021
Kabul / Afghanistan
Im Kabul Star Hotel
Am Abend gegen 20:30 Uhr

„Es läuft alles nach Plan", sagte Abed Amiri, während er aus einem Fenster des obersten Stockwerkes im Kabul Star Hotel den Eingang der Deutschen Botschaft mit einem Fernglas beobachtete. Das Hotel befand sich in Sichtweite der Botschaft, und Amiri hatte ein Zimmer gewählt, von dem man einen guten Blick auf den Gebäudekomplex der Botschaft im Diplomatenviertel der Stadt hatte. Dieses Viertel und insbesondere die deutsche Botschaft interessierten den schwarzhaarigen schlanken Afghanen ganz besonders. Aber nicht aus den Gründen, die er offiziell genannt hatte, sondern aus sehr persönlichen Gründen.

Der deutsche Botschafter Dieter Wendt wäre wahrscheinlich sehr erschrocken darüber gewesen, wenn er gewusst hätte, dass seine Tochter Julia Kontakt zu einem, nach außen sehr seriös und freundlich wirkenden jungen Mann hatte, der schon einmal in Deutschland gewesen war und in Heidelberg studiert hatte. Zumindest hatte er das ihr gegenüber behauptet, und da er Deutsch sehr gut sprach, gab es auch keinen Grund, an seinen Worten zu zweifeln.

„Diese ungläubigen Hunde sollen aus Kabul verschwinden! ", hörte er hinter sich die wütende Stimme von Asadi Sadat, der mit seinen fünfundzwanzig Jahren etwas jünger war als sein Glaubensbruder Abed Amiri. „Bald werden wir Kabul in unserer Hand haben, und wer dann noch hier ist, wird sterben. Das schwöre ich bei Allah."

„Wir müssen noch etwas Geduld haben, Asadi", meinte Amiri, der nicht ganz so eifrig in seinen Worten und in dem Glauben war, wie Sadat. Er war eher ein Pragmatiker, der sich den Taliban angeschlossen hatte, weil er diese Chance nutzen wollte, Macht und Einfluss zu erringen. Außerdem hatte er schon zur Genüge unter Beweis gestellt, dass er gut mit Waffen umgehen und diese auch einsetzen konnte. „Es wird funktionieren, glaube mir. Wenn ich Julia überreden kann, hinüber ins Hotel zu kommen, dann wird auch alles andere klappen."

„Was ist, wenn sie von einem Leibwächter begleitet wird?", gab Sadat zu bedenken. „Sie wird nicht so einfach die Botschaft verlassen können und ..."

„Sie ist verliebt, Asadi!", fiel ihm Amiri ins Wort. „Sie wird tun, was ich ihr sage, wenn ich sie gleich anrufe. Ich weiß, dass sie solche Empfänge hasst und am liebsten ganz woanders wäre."

Er grinste bei den letzten Worten und ließ keinen Zweifel daran, dass er genau wusste, dass Julia Wendt sofort kommen würde, wenn er ihr das befahl. Sie hoffte darauf, dass er mit ihr nach Deutschland kam, wenn sie mit ihrer Familie Kabul bald verlassen würde, und Amiri hatte ihr natürlich versprochen, mitzukommen. Für Julia war er ein Mann, mit dem sie sich vorstellen konnte, auf lange Frist gesehen, zusammenzubleiben. Auch wenn er aus einem anderen Kulturkreis kam, jedoch bemerkte man das kaum.

Abed Amiri wollte aber nicht nach Deutschland. Er wollte auch nicht mit Julia eine Beziehung eingehen. Er wollte sein Heimatland von der Knechtschaft ausländischer Mächte befreien und für eine neue Zukunft von Afghanistan kämpfen, auch unter Einsatz seines eigenen Lebens. Kämpfen war etwas Vertrautes für ihn, denn vor einigen Jahren hatte er einen Anschlag auf die spanische Botschaft organisiert, bei dem mindestens zehn Menschen getötet worden waren. Zwei Spanier, vier afghanische Polizisten und leider auch vier Angreifer waren dabei ums Leben gekommen. Neun Zivilisten und ein Polizist waren verletzt worden. Nach Angaben der Regierung in Madrid hatte es sich bei den beiden getöteten Spaniern um Polizisten gehandelt, die die Botschaft beschützten. Sie hatten Pech gehabt, einfach zur falschen Zeit am falschen Ort gewesen zu sein.

Die Spezialkräfte der afghanischen Armee und Polizei hatten fast zwölf Stunden gebraucht, um den Angriff der Taliban im schwer gesicherten Botschaftsviertel niederzuschlagen. Vier Islamisten hatten gegen Dutzende schwer bewaffnete Polizisten gekämpft. Schusswechsel und Serien lauter Einschläge von Panzerfäusten waren bis in den frühen Morgen zu hören gewesen. Diejenigen, die dabei den Märtyrertod gestorben waren, waren für Amiri und seine Gefährten bis heute Helden. Männer, die ehrenhaft gestorben waren, weil sie bedingungslos ihr Leben für ihr Land geopfert hatten.

„An was denkst du, Abed?", riss ihn die Stimme Sadats aus seinen Gedanken, weil er gemerkt hatte, dass Amiri nicht ganz bei der Sache war. „Wann rufst du endlich an?"

„Ungeduld ist eine schlechte Tugend, Asadi", erwiderte er stattdessen. „Glaub mir, es wird alles gut ablaufen. Wir werden diesmal siegen, ohne dass einer unserer Glaubensbrüder sein Leben aufs Spiel setzen muss."

„Jeder von uns kämpft für eine gerechte Sache und für unser Land, Abed", hielt Sadat dagegen. „Dabei zu sterben, ist keine Schande, sondern eine Ehre."

Amiri nickte nur, erwiderte aber nicht direkt etwas darauf. Er war kein Fanatiker, sondern ein Realist, der wusste, wie man ohne Blutvergießen auch ein vorher gesetztes Ziel erreichen konnte. Das galt aber nicht für alle Taliban. Viele von ihnen waren voller Hass und dachten nur an den Tod der Gegner und an eine Vertreibung derjenigen, die die neuen Zeichen der Zeit nicht begreifen wollten.

Amiri wollte mit Sadat jetzt keine Diskussion über den wahren Glauben beginnen, sondern stattdessen zu Ende bringen, was er sich vorgenommen hatte. Und dieser Moment war jetzt gekommen. Er holte sein Handy aus der Jackentasche und wählte eine Nummer, die nur er kannte. In der Hoffnung, dass er gleich Julias Stimme hören würde.

2. März 2021
Kabul / Afghanistan
In der Deutschen Botschaft
Am Abend gegen 20:45 Uhr

„Sie finden es langweilig, oder?“, riss die Stimme eines deutschen Wirtschaftsrepräsentanten Julia Wendt aus ihren vielschichtigen Gedanken. Die blonde, fünfundzwanzigjährige Tochter des deutschen Botschafters in Kabul tat so, als würde sie all das, was um sie herum geschah, nicht interessieren. Auf Empfängen wie diesen, wo es lediglich darum ging, Kontakte zu knüpfen und aus der momentanen Situation irgendwelche Vorteile zu ziehen, hatte sich Julia noch nie wohlgefühlt. Aber ihr Vater hatte schon seit Antritt seines Amtes darauf bestanden, dass seine Familie auch durch ihre Anwesenheit Geschlossenheit demonstrierte. Julia dagegen rebellierte immer mehr gegen diese vorgeschriebene Etikette und sehnte sich förmlich danach, endlich wieder nach Deutschland zurückzukehren.

„Sieht man mir das an, Herr…?“, fragte Julia den etwa fünfzigjährigen schlanken Mann, der eine Brille trug, die ihn älter machte, als er eigentlich war. Er wirkte genauso schrecklich formell wie die meisten anderen geladenen Gäste, von denen einige den Eindruck machen, als wenn sie froh darüber wären, wenn dieser offizielle Empfang sich nicht unnötig in die Länge zog und sie stattdessen wieder in ihre eigenen vier Wände zurückkehren konnten.

Die Bezeichnung *eigene vier Wände* war jedoch eher eine Verharmlosung der allgemeinen Situation. Dieses Viertel der Stadt, in der sich noch einige andere Botschaften und Repräsentanzen befanden, wurde Tag und Nacht gut bewacht, damit es nicht zu unangenehmen Zwischenfällen kam, die durch raffiniert vorbereitete Bomben oder durch fanatische Selbstmord-Attentäter ausgelöst wurden, die tatsächlich glaubten, dass sie mit ihren blutigen Taten auch nur irgendetwas bewirkten, was zur Verbesserung der politischen und wirtschaftlichen Lage in der Hauptstadt Afghanistans führte. Das würde sich wahrscheinlich nie ändern, denn die Taliban waren weiterhin auf dem Vormarsch aus Richtung Norden, und einige Hinweise aus verschiedenen Quellen waren mittlerweile zur Gewissheit geworden, dass diese Kämpfer nach wie vor Kabul zum Ziel hatten und die fremden Ungläubigen mit aller Macht aus ihrer Heimat vertreiben wollten. Dafür war ihnen jedes Mittel Recht.

„Sie entschuldigen bitte", sagte der Mann mit der Brille mit einem freundlichen Lächeln. „Ich hätte mich besser vorstellen sollen. Mein Name ist Bernhard Busch. Ich gehöre zu einer Delegation der Bundesregierung, die die Regierung weiter stützen soll. Mit finanzieller Hilfe, Sie verstehen, Frau Wendt?"

„Sie kennen mich?", fragte Julia erstaunt.

„Es gehört zu meinen Gepflogenheiten, immer vorher über alles informiert zu sein, wenn ich an einem solchen Empfang teilnehme", erwiderte er und nahm ein Glas Wein von einem der Tabletts, mit denen die Bediensteten zwischen den geladenen Gästen umhergingen. „Natürlich weiß ich, dass Sie die Tochter des Botschafters sind. Auch wenn wir uns persönlich noch nicht kennengelernt haben. Aber das könnte sich ja noch ändern."

Während er den letzten Satz formulierte, änderte sich sein Blick. Er hatte sehr wohl registriert, dass Julia Wendt eine junge attraktive Frau war, der zahlreiche Blicke folgten, als sie zusammen mit ihren Eltern in den großen Saal gekommen war, wo der Empfang stattfand. Nach einigen offiziellen Reden hatte längst derjenige Teil der Veranstaltung begonnen, in denen kleine Gruppen von verschiedenen Personen beieinanderstanden und versuchten, dies für ihre eigenen Vorteile zu nutzen.

„Ich glaube eher nicht, Herr Busch", erwiderte Julia etwas spröde und ließ keinen Zweifel daran, dass sie diesem Mann jetzt und hier eine deutliche Grenze setzen musste, damit er kapierte, dass sie einen solchen Kontakt nicht wünschte. „Ich habe noch viel zu tun, bis wir die Rückreise wieder antreten."

„Sie sind sicher erleichtert darüber, oder?", fragte er weiter.

„Wer wäre das an meiner Stelle denn nicht?", entgegnete sie. „Ich freue mich, wenn ich endlich wieder unter zivilisierten

Menschen bin, anstatt Zeit in einer Stadt und in einem Land zu verbringen, wo jeden Tag Menschen auf hinterhältige Art und Weise umgebracht werden. Genießen Sie trotzdem diesen Abend. Viel Glück bei dem, was Sie vorhaben."

Bevor Busch darauf etwas erwidern konnte, hatte ihn Julia auch schon stehenlassen und beachtete ihn nicht mehr. Sie mochte keine aufdringlichen Menschen, die zudem noch glaubten, dass sie aufgrund ihrer Position und ihres Einflusses interessant wären. Julia wollte mit solchen Leuten nichts zu tun haben. Ein weiterer Grund dafür, wie erleichtert sie war, endlich wieder nach Deutschland zurückehren zu können.

In diesem Moment bemerkte sie, wie ihr Handy klingelte. Sie holte es rasch aus ihrer Long Champ-Handtasche und freute sich darüber, als sie die Nummer auf dem Display sah. Es war die von Abed Amiri, dem Mann, der erst vor kurzem in ihr Leben gekommen war und es dennoch auf so positive Art und Weise bereichert hatte. Ihm hatte sie es seit drei Monaten zu verdanken, dass sie Kabul und die gesamte Situation halbwegs erträglich fand und auch so etwas wie Zuversicht geschöpft hatte, dass es nach ihrer Rückkehr nach Deutschland ein gemeinsames Leben mit Abed geben würde.

Sie entfernte sich mit schnellen Schritten aus dem großen Saal und ging hinaus auf den Flur. Erst dann nahm sie das Gespräch an.

„Hallo Abed", sagte sie, während sie dabei lächelte und ihre Stimme einen warmen Tonfall angenommen hatte. „Schön, dass du dich meldest. Ich habe dich schon vermisst."

„Ist es langweilig für dich?", fragte er stattdessen. „Das können wir schnell ändern, wenn du willst. Du musst nur ja sagen.
"

„Mit was willst du mich denn überraschen, Abed?", fragte Julia und konnte ihre Neugier und vor allem ihr Verlangen nach dem Mann, für den sie ganz viel empfand, nicht unterdrücken.

„Komm herüber, dann wirst du es erfahren", lautete seine Antwort. „Ich habe ein Zimmer im Kabul Star Hotel gebucht. Mein Meeting ist früher zu Ende gegangen, als ich gedacht habe. Deshalb habe ich spontan entschieden, über Nacht hierzubleiben. Möchtest du kommen? Ich sehne mich so sehr nach dir, meine Schöne."

„Abed, ich weiß nicht, ob ich so einfach von hier wegkomme", sagte sie und schaute sich dabei um, ob auch niemand mitbekam, mit wem sie telefonierte und um was es dabei ging. Ihre Eltern wussten nichts von Abed, und das war auch gut so. Sie würde ihren Freund erst dann ihren Eltern präsentieren, wenn sie wieder zurück in Deutschland war. Aber hier in Kabul, als Tochter des deutschen Botschafters, war es unter den gegebenen Umständen sehr schwierig, diese Beziehung publik zu machen. Ihr Vater hatte eine wichtige Position, und sie wusste, dass er Leibwächter brauchte, wenn er oder ein anderes Familienmitglied die Botschaft verließ. Es war ein Leben wie in einem goldenen Käfig.

„Du schaffst das schon", sprach ihr Abed Mut zu. „Du hast das doch immer irgendwie regeln können. Sag deinem Bodyguard, dass er mal gnädig sein soll. Er weiß doch ohnehin, dass du dich mit jemandem triffst, oder?"

„Nein, das weiß er nicht. Er hat präzise Anweisungen von meinem Vater, wenn es um mich geht. Das weißt du doch? Deshalb habe ich niemandem etwas gesagt. Das ist doch gut so, oder?"

„Stimmt. Aber er kann ja mal eine Ausnahme machen. Komm rüber zum Hotel. Ich warte unten in der Lobby auf dich. Wir werden ein paar schöne Stunden miteinander verbringen, das verspreche ich dir."

„Du weißt schon, dass ich nicht lange bleiben kann, Abed", warf Julia ein. „Ich möchte nicht, dass jemand etwas davon bemerkt, dass ich…"

„Die Zeit wird ausreichen", fiel ihr Abed ins Wort. „Wann wirst du da sein?"

„Spätestens in einer halben Stunde", versprach sie ihm. „Ich freue mich sehr auf dich."

„Ich mich auch", hörte sie seine letzten Worte, bevor er das Gespräch beendete. Ihr Herz raste vor Aufregung, weil sie wusste, dass sie gleich mit Abed zusammen sein konnte. Dafür würde sie auch über ihren eigenen Schatten springen und die Botschaft verlassen.

Sie steckte ihr Handy wieder ein und ging noch einmal kurz zurück in den großen Saal. Ihr Vater war wie üblich in Gespräche mit einigen Repräsentanten der derzeitigen Regierung von Afghanistan verwickelt. Er winkte ihr kurz zu, wandte sich dann aber schon wieder den Gästen zu und setzte das Gespräch fort. Julias Mutter tat das gleiche.

Als Julia das sah, war sie erleichtert. Ihre Eltern waren viel zu beschäftigt mit sich und den anderen Gästen. Da würde es gar nicht auffallen, wenn sie mal für eine oder zwei Stunden von dem Empfang fernblieb. Rasch verließ sie den Saal wieder und ging über die breite Treppe nach unten.

Wie sie es schon vermutet hatte, standen zwei Mitarbeiter der Botschaft am Eingang. Ein Dritter kam gerade ebenfalls die Treppe herunter. Es war Carsten Beck, ein Mitarbeiter, der unter anderem auch für Julias Sicherheit zuständig war. Anscheinend hatte er doch gesehen, dass Julia den großen Saal verlassen hatte und war ihr sofort nachgegangen. Manche Dinge nahm er eben sehr genau, und Julia seufzte innerlich, weil sie sich jetzt etwas einfallen lassen musste.

„Wollen Sie die Botschaft verlassen, Julia?", fragte Beck sofort. Er war groß, durchtrainiert und hatte kurze, aschblonde Haare sowie einen Dreitagebart. „Ausgerechnet an diesem Abend? Davon würde ich dringend abraten."

Für solch einen Fall hatte sich Julia aber schon eine passende Ausrede zurechtgelegt. Sie ging auf Beck zu und setzte ein freundliches Lächeln auf, das hoffentlich ihre Wirkung nicht verfehlte.

„Ich will nur kurz ins Kabul Star Hotel", klärte sie den Security-Mann auf. „Ich möchte mich dort mit einer deutschen Freundin treffen, die erst gestern in Kabul angekommen ist. Sie steht nicht auf der Gästeliste, aber ich würde sie trotzdem gerne treffen. Das ist doch verständlich, oder?"

„Schon", erwiderte Beck etwas zögernd. „Aber ich rate davon ab, nach Einbruch der Dunkelheit die Botschaft zu verlassen. Sie wissen doch, was hier vor einiger Zeit geschehen ist, oder?"

„Natürlich weiß ich das", entgegnete Julia. „Aber das Hotel ist doch nur wenige Schritte von hier entfernt. Begleiten Sie mich doch einfach bis zum Eingang, und ich rufe Sie wieder an, wenn Sie mich abholen können. Länger als zwei Stunden wird das nicht dauern, und Sie haben damit Ihre Sorgfaltspflicht erfüllt. Den Gefallen werden Sie mir doch bestimmt tun?"

Der Security-Mann überlegte tatsächlich immer noch. Fast hätte Julia schon gedacht, dass sich ihr Plan zerschlagen hatte, die Botschaft verlassen zu können, aber dann nickte er schließlich zu ihrer großen Erleichterung.

„Warten Sie einen Moment hier", bat er sie. „Ich bin gleich wieder zurück." Er verschwand kurz in einem der Räume hinter der Treppe und kehrte wenige Augenblicke später wieder zurück. Diesmal hatte er sich eine unauffällige Jacke übergestreift, an der man nicht gleich erkennen konnte, dass auch er dem Anlass entsprechende Kleidung trug, wie alle anderen Angestellten der Botschaft ebenfalls. Deshalb hatte er einen Mantel dabei, den er Julia gab und ihr mit einer kurzen Geste zu verstehen gab, dass sie ihn anziehen sollte. Er war aber erst zufrieden, als Julia noch ein Kopftuch aufsetzte. Selbst eine große Stadt wie Kabul war in manchen Dingen immer noch sehr konservativ, und Beck wollte verhindern, dass irgendjemand daran Anstoß nahm. Das Botschaftspersonal und deren Angehörige waren bei den strenggläubigen Muslimen nicht besonders beliebt. Sie betrachteten jeden Europäer als Eindringling, und deshalb bekamen die Taliban auch immer mehr Zuspruch und weitere Anhänger.

Er öffnete selbst die Ausgangstür, trat ins Freie, deutete Julia aber kurz an, noch zu warten, bis er die Lage sondiert hatte. Das war sein Job, und den nahm er auch ernst. Er schaute sich nach allen Seiten um, und erst dann gab er Julia ein Zeichen, ihm zu folgen. Am Zaun, der das Botschaftsgelände von der Straße trennte, wiederholte er das nochmals. Trotzdem blieb er nach wie vor wachsam, denn die nächtliche Stille, die im Allgemeinen rund um das Botschaftsviertel herrschte, musste nichts zu bedeuten haben. Auch wenn es immer wieder Kontrollfahrzeuge gab, die regelmäßig durch die Straßen fuhren. Fanatische Selbstmordattentäter hielt es trotzdem nicht davon ab, einfach ihr eigenes Leben wegzuwerfen und andere Unbeteiligte in diesen tödlichen Sog mit hineinzuziehen.

Julia schaute noch einmal kurz zurück zu den hohen Fenstern im zweiten Stock, die hell erleuchtet waren. Dort nahm der festliche Empfang seinen Gang, und niemand würde etwas davon merken, was Julia in der Zwischenzeit vorhatte.

Das Kabul Star Hotel befand sich schräg gegenüber von der Botschaft und war zu Fuß gerade mal fünf Minuten entfernt. Trotzdem konnte das eine lange Strecke sein, wenn irgendwo ein Taliban-Kämpfer sich verborgen gehalten und nur auf solch einen Moment gewartet hatte. So hatte sich das ja auch damals bei dem Attentat auf die spanische Botschaft abgespielt. Da war die Lage auch vorzeitig erkundet worden, und diese Mörder hatten nur noch auf den richtigen Augenblick warten müssen.

Am Ende der Straße erhellte ein Scheinwerferpaar die Nacht und erfasste auch Julia und Carsten Beck, die gerade die Straße überqueren wollten. Sofort stellte er sich vor die junge Frau und griff mit seiner rechten Hand in seine Manteltasche. Aber dann legte sich die Spannung wieder, als er erkannte, dass es sich um ein Kontrollfahrzeug der örtlichen Polizei handelte. Es stoppte wenige Schritte vor Beck und Julia, und einer der beiden Insassen sprach den Security-Mann sofort an. Der zog daraufhin seinen Diplomatenpass.

„Die junge Dame hat einen Termin im Hotel dort drüben", klärte er den Polizisten auf. „Ich begleite sie dorthin und bringe sie auch wieder zurück. Es ist somit alles in Ordnung."

Der afghanische Polizist schaute abwechselnd von Julia zu Beck und nickte dann. Anschließend fuhr er wieder weiter.

„Zusätzliche Kontrollen garantieren mehr Sicherheit", sagte Beck zu Julia, als die beiden den Eingang des Hotels schon fast erreicht hatten. „Es bleibt dabei, was wir vereinbart haben. In spätestens zwei Stunden höre ich wieder etwas von Ihnen. Kann ich mich darauf verlassen?"

„Natürlich", versprach sie ihm sofort. „Und danke dafür, dass Sie mich bis hierher begleitet haben. Da fühlt man sich doch sicherer, wenn so ein erfahrener und geschulter Mann mit dabei ist." Julia hatte jetzt den Eingang des Hotels erreicht und hoffte, dass sich Beck damit zufriedengab. Und das tat er dann auch. Er blieb allerdings noch einen Moment am Straßenrand stehen, um sich zu vergewissern, dass noch alles in Ordnung war. Und erst dann ging er wieder zurück zur Botschaft.

*

2. März 2021
Im Kabul Star Hotel
Am Abend gegen 21:30 Uhr

„Du weißt, was du jetzt zu tun hast, Asadi", sagte Abed Amiri, bevor er den Fahrstuhl verließ. „Du, Babak und Dalir - haltet euch bereit. Es muss alles sehr schnell gehen. Hast du verstanden?"

„Natürlich, Abed", versicherte ihm Sadat mit einem zuversichtlichen Nicken. „Bring sie zu uns. Wir kümmern uns dann um sie und bringen sie weg von hier."

„Ihr habt das Parkhaus überprüft?"

„Es ist alles in Ordnung", bestätigte Sadat. „Ich habe mich selbst darum gekümmert. Unser Wagen steht genau an der richtigen Stelle, so dass er von den Kameras nicht erfasst werden kann. Konzentriere du dich auf die deutsche Frau, Abed."

„Gut. Wir sehen uns dann gleich", antwortete Amiri. Er durchschritt die große Lobby, während Asadi Sadat mit dem Fahrstuhl nach unten in die Tiefgarage fuhr. Jetzt begann der wichtigste Teil der gesamten Operation, und es musste so unauffällig wie möglich vonstattengehen.

Abed Amiri benahm sich wie ein normaler Hotelgast, der er ja auch war. Er hatte für das Zimmer im Voraus mit einer Kreditkarte bezahlt, die auf einen falschen Namen lief und zu einem Konto führte, das man nicht bis zu ihm zurückverfolgen konnte. Amiri gehörte zu denjenigen Taliban-Kämpfern, die wussten, dass man die technischen Entwicklungen niemals vernachlässigen durfte, sondern sie nutzen musste - auch wenn viele Taliban das anders sahen und zu den Wurzeln des Koran zurückkehren wollten, um einen fundamentalistischen Gottesstaat auszurufen. Nach Amiris Überzeugungen konnte das Eine nicht ohne das Andere existieren, und er hatte noch viel Überzeugungsarbeit zu leisten, damit die Macht in Kabul von den Taliban nicht nur übernommen, sondern auch gefestigt wurde.

All dies ging ihm durch den Kopf, während er den Eingangsbereich nun fast erreicht hatte und dort Julia erblickte. Sie sah ihn im selben Moment und ging freudestrahlend auf ihn zu. Amiri hatte etwas Mühe, seine Fassung zu bewahren, weil Julia durchaus ihre Reize hatte und die ihn nicht gleichgültig ließen. Aber all das musste er einer größeren Sache unterordnen, und die hatte genau in diesem Moment begonnen.

„Schön, dich zu sehen, Julia", sagte er zu ihr. Er sah, dass sie darauf wartete, in den Arm genommen zu werden, aber er wollte sich so unauffällig wie möglich verhalten, damit niemand etwas davon mitbekam. Was für ein Glück, dass Julia wenigstens einen Mantel trug, um das raffiniert geschnittene Kleid zu verbergen. Er wusste, wie ihr Körper aussah und sich anfühlte, und er hatte das immer genossen, wenn sie sich getroffen hatten. Aber er hatte sich aus völlig anderen Gründen mit Julia eingelassen: Sein Ziel war es gewesen, ihr Vertrauen zu gewinnen und sie glauben zu lassen, dass es wirklich eine gemeinsame Zukunft gab. Heute würde dieser romantische Traum zerplatzen wie eine Seifenblase!

„Hallo Abed", sagte Julia, während ihre Finger seine Hand berührten. „Ich bin froh, dich zu sehen. Es war aber nicht einfach, hierherzukommen. Einer unserer Security-Leute hat darauf bestanden, mich bis zum Eingang des Hotels zu begleiten. Und er wird mich auch wieder abholen. Wir haben gerade mal zwei Stunden, mehr nicht."

Die letzten Worte klangen drängend. Amiri spürte, dass Julia so schnell wie möglich mit ihm ins Zimmer gehen wollte, um die Zeit zu genießen. Aber daraus würde heute nichts werden. Eher das Gegenteil war der Fall.

Die beiden gingen zum Fahrstuhl. Es war nichts Außergewöhnliches, dass ein Paar sich im Hotel traf und miteinander redete. Die Angestellten an der Rezeption waren im Moment damit zugange, einige Gäste zu registrieren. Eine Gruppe von westlichen Besuchern war gerade angekommen, und das war ein geradezu idealer Moment für Abed Amiri.

Die Tür des Fahrstuhls öffnete sich, und die beiden traten ein. Ein weiterer Mann befand sich in der Kabine, aber Julia nahm diesen Mann gar nicht wahr. Ihre Augen hingen förmlich an Amiri, weil sie es gar nicht mehr abwarten konnte, endlich mit ihm allein zu sein. Deshalb bemerkte sie auch gar nicht, wie der Fahrstuhl nicht nach oben, sondern nach unten zum Parkhaus fuhr. Und als sie es bemerkte, blickte sie verwirrt zu Amiri, aber der schaute nur missbilligend zu dem anderen Mann, der wohl den Fahrstuhl in die falsche Richtung in Bewegung gesetzt hatte. Er zuckte bedauernd mit den Schultern, während sich nun die Tür öffnete und der Blick frei war auf den Tiefgaragenbereich.

Amiri griff auf einmal nach Julias Hand, während sein Lächeln verschwand und einem angespannten Blick wich. Gleichzeitig trat der zweite Mann zu ihr, packte sie am anderen Arm, und gemeinsam zogen die beiden Julia mit sich.

„Moment mal!“, ereiferte sich Julia, als sie begriff, dass hier irgendetwas nicht stimmte. „Was soll das? Lasst mich sofort los!“

Sie wollte sich losreißen, erreichte aber damit nur das Gegenteil. Der Zugriff verstärkte sich und verursache Schmerzen an ihren Oberarmen. Sie öffnete den Mund und wollte schreien, aber Amiri verhinderte das, indem er seine Hand auf ihren Mund presste und ihr einen Blick zuwarf, der sie bis auf den Grund ihrer Seele erschütterte. Das war nicht mehr der Mann, den sie zu lieben glaubte, sondern ein völlig Fremder, der keinen Zweifel daran ließ, dass sie das büßen würde, wenn sie nicht gehorchte.

Abed Amiri und Asadi Sadat zerrten Julia zu einem Transporter. Dort warteten bereits Babak Hashimi und Dalir auf sie. Sie hatten die Tür bereits geöffnet, und einer von ihnen hielt bereits eine aufgezogene Spritze in der Hand, die Julia ruhigstellen würde. Er stach in Julias linken Oberarm. Die junge Deutsche versuchte sich ein letztes Mal gegen ihr unvermeidliches Schicksal zu wehren, aber sie hatte keine Chance.

Amiri sah zu, wie Babak und Dalir Julia in den Wagen zogen. Der Inhalt der Spritze zeigte bereits erste Wirkung, und sie war ganz benommen. Diese Benommenheit würde nur wenige Augenblicke später in Bewusstlosigkeit übergehen, und sie würde erst wieder zur Besinnung kommen, wenn sie den Bestimmungsort erreicht hatte.

„Fahrt jetzt los!", sagte Amiri zu Sadat. „Wir treffen uns später am vereinbarten Ort. Allah ist auf unserer Seite."

„Das ist er, Abed", antwortete Sadat. Er nickte seinem Kameraden noch einmal kurz zu, setzte sich dann ans Steuer des Transporters und startete den Motor. Wenige Sekunden später setzte sich der Wagen in Bewegung und verließ das Parkhaus, während Amiri wieder zurück mit dem Fahrstuhl in sein Zimmer fuhr, das er angemietet hatte. Dort wartete er noch genau eine Stunde, bevor er das Hotel ebenfalls über die Treppe und den Lieferanteneingang verließ. Niemand sah ihn gehen.

*

2. März 2021
In der deutschen Botschaft in Kabul
Am Abend gegen 23:15 Uhr

Carsten Beck runzelte die Stirn, als er einen Blick auf sein Handy warf. Der vereinbarte Zeitpunkt war schon überschritten, und Julia war noch immer nicht zurückgekehrt. Die ersten Gäste verließen mittlerweile wieder die Botschaft und nickten Beck noch einmal freundlich zu, als sie an ihm vorbeigingen.

Aber der Security-Mann nahm das nur ganz beiläufig wahr, weil seine Gedanken verständlicherweise um ganz andere Dinge kreisten.

Er wählte Julias Nummer und wartete ungeduldig darauf, dass die Verbindung zustande kam. Aber stattdessen geschah überhaupt nichts. Julia schien ihr Handy sogar ausgeschaltet zu haben, und das widersprach der Vereinbarung, die sie mit Beck getroffen hatte. Ob es einen Grund dafür gab, den auch Beck nicht erfahren durfte?

„Haben Sie meine Tochter irgendwo gesehen, Carsten?", riss ihn eine Stimme aus seinen Gedanken, die ihn zusammenzucken ließ. Es war Dieter Wendt, der deutsche Botschafter, der sich gerade von einigen Gästen verabschiedet hatte und nun erstaunt den besorgten Gesichtsausdruck des Security-Mannes bemerkte.

„Ich wollte sie gerade anrufen, Herr Botschafter", erwiderte Beck etwas zögerlich und konnte dem prüfenden Blick seines Chefs nicht länger standhalten.

„Anrufen?", fragte Wendt. „Warum das denn?"

„Sie ist nicht hier, Herr Botschafter", erwiderte Beck und verfluchte sich selbst dafür, dass er sich von Julia hatte überreden lassen, sie zum Kabul Star Hotel zu bringen, nur damit sie sich dort mit jemandem treffen konnte. Und vielleicht stimmte ja das auch gar nicht, was sie ihm gesagt hatte. „Sie ist drüben im Hotel."

„Wie bitte?", entfuhr es dem Botschafter. „Sie ist doch nicht etwa allein dorthin gegangen?"

„Natürlich nicht", sagte Beck. „Ich wollte sie davon überzeugen, dass es besser ist, zu dieser Stunde die Botschaft nicht mehr zu verlassen. Aber sie sagte, sie wolle sich dort mit einer deutschen Freundin treffen, die erst gestern in Kabul angekommen ist. Deswegen steht sie auch nicht auf der Gästeliste. So hat sie es jedenfalls behauptet. Ich habe sie bis zum Eingang des Hotels begleitet und darauf bestanden, dass ich sie dort auch wieder abhole. Da es schon länger als zwei Stunden gedauert hat, wollte ich sie anrufen und..." Er hielt einen kurzen Moment inne, weil er nicht wusste, wie er seine Gedanken am besten in Worte fassen konnte. „Aber ich bekomme keine Verbindung“, fuhr er schließlich kleinlaut fort. „Das Handy scheint ausgeschaltet zu sein.“

„Sie gehen auf der Stelle rüber und bringen Julia zurück!“, sagte der Botschafter mit mühsam unterdrückter Wut. „Verstanden? Und wenn Sie wieder zurück sind, dann haben wir beide ein sehr ernstes Gespräch miteinander zu führen. Das kann doch nicht angehen, dass ein erfahrener Mann wie Sie sich auf so etwas einlässt.“

„Ich bitte um Entschuldigung“, stammelte Beck, der sich sehr bewusst war, dass er einen großen Fehler begangen hatte. „Ich gehe sofort los.“

„Das will ich auch hoffen!“, sagte der Botschafter. „Na los, worauf warten Sie noch?“ Bei diesen Worten drehte er sich um und sah seine Frau auf sich zukommen. Beck bemerkte das aber nicht mehr, denn er hatte es jetzt aus verständlichen Gründen sehr eilig.

*

Carsten Beck ahnte, dass Julia Wendt ihm nicht die Wahrheit gesagt hatte, und es gab nur einen Grund dafür. Wenn die Tochter des Botschafters noch nicht einmal einem Security-Mann vertraute, dann hatte sie etwas zu verbergen, sowohl vor ihren Eltern und erst recht vor Beck und den anderen Botschaftsangestellten.

Er streifte seine Jacke über und verließ die Botschaft. Auch wenn er innerlich vor Wut kochte, weil er sich von Julia hatte austricksen lassen, versuchte er dennoch Ruhe zu bewahren, als er das Gelände verließ, die Straße überquerte und dann wenige Augenblicke später vor dem Eingangsportal des Kabul Star Hotels stand. Er zögerte keine Sekunde mehr, sondern trat ein und schaute sich um. In der Lobby und der angrenzenden Hotelbar hielten sich immer noch einige Gäste auf, aber nirgendwo konnte er Julia entdecken. War sie mit ihrer deutschen Freundin eventuell aufs Zimmer gegangen, um sich in Ruhe mit ihr zu unterhalten? Möglich war das, aber Beck glaubte das nicht. Sein schlechtes Gefühl verstärkte sich.

Kurzentschlossen ging er zur Rezeption, zeigte seinen Ausweis und fragte nach Julia Wendt. Der Angestellte überlegte einen kurzen Moment und schien mit einer Antwort zu zögern. Beck ging das nicht schnell genug, deshalb stellte er sofort die nächste Frage.

„Sind gestern Hotelgäste aus Deutschland angereist?“, wollte er wissen. „Eine junge Frau?“

„Einen Augenblick bitte“, erwiderte der Mann, schaute in seinem Computer nach und verneinte das dann mit einer Geste des Bedauerns. „Weder gestern noch heute, es tut mir leid. Ich kann Ihnen da nicht weiterhelfen. Sind Sie sicher, dass Sie auch dieses Hotel meinen?“

„Ich habe Julia Wendt vor etwas mehr als zwei Stunden bis zum Hoteleingang begleitet und habe sie hineingehen sehen“, sagte Beck mit gepresster Stimme und holte sein Handy hervor. Er hatte einige Fotos dort gespeichert, die er während des heutigen Abends gemacht hatte. Auf einem dieser Fotos war auch Julia zu sehen, und das zeigte er dem Angestellten „Sie müssen sie doch gesehen haben. Blonde Haare, Mitte Zwanzig, mit einem auffälligen Kleid. Hier, schauen Sie sich das Foto an. Bitte versuchen Sie sich zu erinnern. Es ist wirklich sehr wichtig.“

Der Mann tat das, worum ihn Beck gebeten hatte, aber bis er endlich eine Antwort gab, verstrich die Zeit für den Security-Mann quälend langsam. Schließlich nickte er.

„Ja, jetzt erinnere ich mich“, sagte er. „Sie war tatsächlich hier und wurde von einem jungen Mann bereits erwartet. Er begrüßte sie kurz und ging dann mit ihr hinüber zum Fahrstuhl. Dort drüben!“ Er zeigte in die betreffende Richtung, während hinter Becks Stirn ein Gedanke den anderen jagte.

„Ein junger Mann?“, fragte er dann sichtlich überrascht. „Ein Hotelgast?“

„Ja“, antworte der Angestellte. „Ich sehe kurz nach.“ Wieder schaute er in seinen Computer. „Hadi Pir ist sein Name. Zimmer 411. Ist etwas nicht in Ordnung?“

„Das werden wir sehen. Rufen Sie dort an. Jetzt gleich!"

„Selbstverständlich", lautete die Antwort des Afghanen. „Einen Moment bitte." Er nahm das Telefon, wählte eine entsprechende Nummer und wartete. Sekunden vergingen, aber es meldete sich niemand. „Anscheinend ist der Gast nicht auf seinem Zimmer", erklärte er dann Beck. „Ich kann aber gerne eine Nachricht hinterlassen, wenn Sie…"

„Jetzt hören Sie mal gut zu!", fiel ihm Beck ins Wort. „Sie holen jetzt den Direktor herbei, aber sofort. Es geht um eine wichtige Angelegenheit, die die Familie des deutschen Botschafters betrifft. Na los, worauf warten Sie noch? Oder wollen Sie noch in dieser Nacht Ihren Job verlieren?"

Normalerweise war es nicht Becks Verhaltensweise, in solch einem entscheidenden Moment zu drohen, aber ihm selbst stand das Wasser bis zum Hals, weil er jetzt wusste, dass er Julia niemals allein ins Hotel hätte gehen lassen dürfen. Denn eines war jetzt sicher: Sie hatte sich dort nicht mit einer deutschen Freundin getroffen, sonst mit jemand anderem. Vermutlich einem Afghanen, zumindest dem Namen nach. Aber warum?

Seine Gedanken brachen ab, als der Angestellte wieder mit einem Mann im dunklen Anzug zurückkam. Es war kein Afghane, sondern ein Mann mit indischen Wurzeln

„Mein Name ist Rajid Kumar ", stellte er sich vor. „Was kann ich für Sie tun?"

„Bringen Sie mich zu Zimmer 411 und sorgen Sie dafür, dass es geöffnet wird", forderte Beck in ultimativen Ton. „Sonst wird die Polizei hier alles auf den Kopf stellen."

Der Hoteldirektor ließ sich nicht ansehen, wie er diese Drohung empfand, sondern nickte nur und gab Beck ein Zeichen, ihm zu folgen. Gemeinsam betraten die beiden den Fahrstuhl und fuhren hinauf in die vierte Etage. Kurze Zeit später standen sie vor der betreffenden Zimmertür, aber der Hoteldirektor zögerte noch und wollte stattdessen erst vorher anklopfen. Beck verhinderte das jedoch, indem er Kumar einfach den codierten Türschlüssel in Form einer Scheckkarte abnahm und selbst den Öffnungsmechanismus auslöste. Dann zog er seine

Pistole aus dem Holster unter seiner Jacke, trat zwei Schritte nach vorn und blickte von links nach rechts. Aber das Zimmer war leer. Es sah sogar so aus, als hätte hier nie jemand gewohnt. Man konnte nicht erkennen, dass sich hier jemand aufgehalten hatte.

„Man hat Ihnen doch gesagt, dass niemand im Zimmer ist", sagte der Hoteldirektor. „Stattdessen sorgen Sie mit Ihrem Verhalten hier nur für unnötige Unruhe und..."

„Ich glaube, Sie haben immer noch nicht verstanden, was die Stunde geschlagen hat, Mister Kumar!", unterbrach ihn Beck. „Finden Sie es nicht irgendwie seltsam, dass dieser Hotelgast namens Hadi Pir keinerlei persönliche Dinge bei sich hat? Ich sehe hier weder eine Tasche, noch einen Koffer." Er schritt rasch durch das Zimmer bis zur Tür, die ins Badezimmer führte. Und was er bereits geahnt hatte, bestätigte sich wenige Sekunden später. „Sehen Sie doch selbst!", fuhr er fort und winkte Kumar zu sich. „Das Bad wurde nie benutzt, und persönliche Hygieneartikel gibt es auch nicht. Warum mietet ein Mann ein Zimmer in Ihrem Hotel und benutzt es nicht?"

„Das kann ich nicht sagen", antwortete der Hoteldirektor, der jetzt etwas hilflos und erschrocken zugleich wirkte. „Wir garantieren unseren Gästen eine gute und sichere Privatsphäre. Sie wissen doch selbst, was da draußen los ist, oder? Wenigstens soll man sich im Hotel gut aufgehoben fühlen."

„Ist das so?", fragte Beck in sarkastischem Ton. „Ich will alles über diesen Hadi Pir wissen, was Sie haben. Adresse, Kontaktdaten und das, was Sie in Ihrem Computer bei der Anmeldung vermerkt haben. Gehen wir, hier gibt es nichts mehr zu finden, was mir weiterhilft."

Er hatte es so eilig, dass der Hoteldirektor Mühe hatte, mit ihm Schritt zu halten. Unten an der Rezeption erfuhr Beck dann das, was er hatte wissen wollen. Aber dann wurde ihm auch gesagt, dass der Hotelgast sein Zimmer im Voraus bezahlt hatte und er offensichtlich auch gar nicht mehr anwesend war. Er musste vor nicht allzu langer Zeit das Hotel verlassen haben. Vielleicht sogar zusammen mit Julia?

*

3. März 2021
In der deutschen Botschaft in Kabul
Gegen 0:30 Uhr

„Julia ist verschwunden? Einfach so?", fragte der Botschafter eine knappe halbe Stunde später völlig fassungslos, als Carsten Beck ihm berichtete, was er in dieser kurzen Zeit in Erfahrung gebracht hatte. „Wer ist dieser Hadi Pir, Beck?"

„Das wissen wir noch nicht, aber wir werden es sehr schnell herausfinden, Herr Botschafter", erwiderte Beck. „Wir checken gerade alle Informationen. Bald müssten wir mehr wissen."

„Und Julia?" Die Frau des Botschafters war völlig aufgelöst, seitdem sie erfahren hatte, was mit ihrer Tochter geschehen war. „Sie würde niemals mit einem Fremden einfach so weggehen, ohne uns das vorher zu sagen. Warum haben Sie ihr das nicht verboten, was sie vorhatte, Beck? Sie müssten doch wissen, was in dieser schrecklichen Stadt alles passieren kann."

„Es tut mir leid, Frau Wendt", sagte Beck. „Ich hätte nicht damit gerechnet, dass diese Sache so einen unglücklichen Verlauf nimmt und..."

„Unglücklich?", fiel ihm Botschafter Wendt ins Wort. „Sie nennen das *unglücklich*? Alles, was ich jetzt erfahre, ist, dass meine Tochter zusammen mit einem jungen Mann, der offensichtlich afghanischer Herkunft ist, im Foyer des Hotels gesehen wurde. Und dann sind beide zusammen verschwunden." Er seufzte, als er zu seiner Frau blickte und deren Rat suchte. „Maria, hast du denn gar nichts bemerkt? War Julia in letzter Zeit irgendwie verändert? Ich hatte ja viel zu tun, und mir ist nichts aufgefallen." Er verstummte, weil ihm jetzt klargeworden war, was er gerade gesagt hatte. Es war ihm peinlich zuzugeben, dass er im Grunde genommen nicht viel über Julias Freundes- und Bekanntenkreis wusste, seit sie hier in Kabul mit ihren Eltern lebte.

„Meinst du etwa, dass Sie etwas mit diesem Mann hat? Hinter unserem Rücken, Dieter?" Maria Wendts Kopfschütteln war eindeutig. „Nein, das glaube ich nicht. Ich hätte das doch gewusst."

„Tatsache ist, dass sie nicht zurückgekommen ist, und dass sie mit einem Afghanen zusammen gesehen wurde", fasste der Botschafter alle Erkenntnisse zusammen. „Da stimmt etwas nicht."

Genau in diesem Moment kam einer der anderen Sicherheitsleute herein, ging zu Beck und drückte ihm wortlos ein Blatt Papier in die Hand. Was Beck dann las, ließ ihm eine Gänsehaut über den Rücken laufen, und auf seiner Stirn bildeten sich feine Schweißperlen.

„Was ist, Beck?", riss ihn die Stimme des Botschafters aus seinen Gedanken. „Gibt es etwas Neues?"

„Ja", sagte dieser. „Ich fürchte, es gibt Grund zur Sorge. „Das Handy Ihrer Tochter ist immer noch ausgeschaltet. Und die Adresse, die dieser Hadi Pir beim Einchecken angegeben hat, existiert nicht. Der Pass ist ebenfalls falsch. Hier, sehen Sie selbst."

Wendt musste sich stark beherrschen, als er das Blatt an sich nahm und den Inhalt überflog. Dutzende unterschiedliche Gedanken gingen ihm in diesem Augenblick durch den Kopf, und er hatte Mühe, wenigstens einige davon in Worte zu fassen.

„Das bedeutet, dass Julia entführt worden ist", sagte Wendt. „Mein Gott, warum das denn? Sie hat doch mit allem, was hier geschieht, überhaupt nichts zu tun!"

„Sie werden Julia umbringen, Dieter!", rief Maria Wendt fassungslos, als auch ihr klar wurde, was die Stunde geschlagen hatte. „Du musst etwas unternehmen. Wir können doch nicht einfach zusehen, wie ..."

„Sie müssen jetzt beide Ruhe bewahren", sagte Beck. „Wenn es sich wirklich um eine Entführung handelt, dann werden sich diejenigen, die das zu verantworten haben, bei Ihnen melden."

„Und solange sollen wir abwarten und nichts tun?", fragte die Frau des Botschafters mit zitternder Stimme. „Nein, das geht nicht. Dieter, du musst dich mit Berlin in Verbindung setzen, und zwar jetzt!"

„Um die Zeit erreiche ich dort niemanden mehr, Maria", versuchte Wendt seine hilflose Frau zu beruhigen. „Wir müssen einfach warten bis morgen früh, und vielleicht hören wir ja noch vorher etwas von Julia oder denjenigen Menschen, die sie entführt haben."

„Das war bestimmt nicht nur ein einzelner Mann, Herr Botschafter", gab Beck zu bedenken. „Um solch eine Entführung möglichst unbemerkt durchzuführen, bedarf es mehrerer Personen und einer gewissen Logistik. Verzeihen Sie mir bitte diesen Ausdruck, aber es ist wirklich so. Das geschah nicht plötzlich, sondern wurde sorgfältig vorbereitet, und das bedeutet wiederum, dass Ihre Tochter diesen Afghanen schon länger kennen muss."

„Beck hat recht", redete Wendt nun auf seine Frau ein, die beide Hände vors Gesicht geschlagen hatte und zu weinen anfing. „Maria, wir müssen jetzt vernünftig sein und gut überlegen, was wir tun. Wenn wir jetzt einen Fehler machen und überstürzt handeln, dann gefährden wir unsere Tochter. Willst du das?"

„Wer sagt dir denn, dass sich überhaupt jemand meldet, Dieter?", entgegnete sie unter Tränen. „Es gibt genügend Nachrichten von Europäern, die von den Taliban verschleppt und dann hingerichtet wurden. Nein, das lasse ich nicht zu!" Ihre Stimme klang bei den letzten Worten schrill und verzweifelt, weil sie nicht wusste, wie sie mit dieser Situation überhaupt fertig werden sollte.

„Julia ist ein Familienmitglied des deutschen Botschafters", versuchte nun auch Beck ihr klarzumachen. „Man hat sie bewusst ausgesucht, vermute ich. Also wird hier schon bald eine Forderung kommen. Man wird entweder Geld fordern oder irgendwelche Bedingungen stellen. Und bis dahin bleibt und nichts anderes übrig, als abzuwarten, so schrecklich sich das jetzt auch anhören mag."

„Beck hat Recht, Maria", stimmte nun der Botschafter seinem Security-Mann zu. „Uns bleibt nichts anderes übrig, als Geduld zu haben, auch wenn uns das schwerfällt."

„Mein Gott", murmelte seine Frau schon zum wiederholten Mal. „Warum passiert das alles jetzt? Ausgerechnet zu diesem Zeitpunkt. Wir wollten doch ohnehin in drei Monaten gehen. Und jetzt so etwas! Ich kann das nicht verstehen."

Was hätte Dieter Wendt darauf noch erwidern sollen? Er wusste ja, dass es stimmte, was seine Frau gerade gesagt hatte. Er hatte dieses Amt zwar erst vor zwei Jahren angetreten, aber auch erkennen müssen, dass sich die Lage in Afghanistan immer mehr zuspitzte und es nur noch eine Frage der Zeit war, bis dieser Hexenkessel aus Gewalt und Tod endgültig explodierte. Deshalb hatte er um seine Versetzung gebeten, und der hatte man glücklicherweise zugestimmt. Allerdings unter der Bedingung, dass diese erst Ende Mai wirksam wurde. Und jetzt war Julia entführt worden. Das Schlimmste, was überhaupt hätte passieren können.

„Sie sollten sich jetzt hinlegen, Frau Wendt", riet ihr Beck. „Sie auch, Herr Botschafter. Wir können jetzt ohnehin nichts tun."

„Wie soll ich denn in dieser Situation nur eine Minute schlafen können?", entfuhr es Maria Wendt. „Aber Sie verstehen das nicht, Beck. Sie haben ja keine Kinder."

Beck wollte erst etwas darauf erwidern, unterließ es dann aber. Weil er längst erkannt hatte, dass die Frau des Botschafters viel zu aufgebracht war, um rational und vernünftig denken zu können. Aber genau das war in dieser Lage jetzt das Wichtigste. Sie mussten sich nun alle in Geduld üben, auch wenn das eine große Hürde darstellte und mit großer nervlicher Anspannung verbunden war. Erneut machte er sich große Vorwürfe, dass ihn Julia überredet hatte, sie bis zum Hotel zu begleiten, wo sie ihre Freundin treffen wollte.

Aber in Wirklichkeit hatte sie ganz andere Absichten verfolgt, und genau das hatte sie jetzt in große Gefahr gebracht. Man konnte niemandem trauen, und das hätte sie eigentlich wissen müssen. Dass sie diesem Mann trotzdem vertraut hatte, wies wahrscheinlich darauf hin, dass sie in einer besonderen Beziehung zu ihm stand. Und genau das hatte dieser Kerl ausgenutzt, weil er das vermutlich von Anfang an beabsichtigt hatte!

Kapitel 2

Das Ultimatum

3. März 2021
Irgendwo außerhalb von Kabul
Am frühen Morgen gegen 6:00 Uhr

Als Julia Wendt zum ersten Mal aus ihrer Bewusstlosigkeit erwachte, spürte sie einen pochenden Kopfschmerz, der sich mit Benommenheit vermischte. Sie öffnete die Augen, konnte aber zu ihrem Erstaunen nichts Genaues erkennen. Irgendetwas versperrte ihr den genauen Blick, und erst dann begriff sie, dass man ihr einen Sack über den Kopf gestülpt hatte, durch dessen groben Stoff ihre Sicht stark eingeschränkt war.

Sie zuckte zusammen, als sie irgendwo in ihrer Nähe mehrere Stimmen hörte., Dann bewegten sich dumpfe Schritte auf sie zu, und jemand riss ihr den Sack vom Kopf. Zuerst spürte sie so etwas wie eine kurze Erleichterung, als sie in das vertraute Gesicht von Abed Amiri blickte. Aber dann registrierte sie auch, wie verachtend er sie anschaute. Da wurde ihr erneut bewusst, dass alles, was in den letzten Wochen stattgefunden hatte, nur eine Illusion gewesen war.

„Warum?“, murmelte sie, während sie erst jetzt erkannte, dass die ihre Arme und Beine nicht bewegen konnte. Man hatte sie gefesselt, und eine Gänsehaut nach der anderen strich ihr über den Rücken, weil sie die Kälte spürte, die in diesem Raum herrschte. „Warum hast du das getan, Abed? Was willst du von mir? Ich verstehe es nicht.“

„Das musst du auch nicht!“, fiel ihr Amiri ins Wort. „Tu einfach das, was dir gesagt wird, sonst wirst du es bereuen.“ Sein scharfer Tonfall ließ keinen Zweifel daran, dass er es ernst mit seiner Drohung meinte.

Tränen zeichneten sich in Julias Augenwinkeln ab, während sie sich immer deutlicher ihrer ausweglosen Situation bewusst wurde. Man hatte sie ausdrücklich gewarnt davor, dass unter Umständen solche Dinge jederzeit geschehen konnten, wie sie ihr jetzt widerfahren waren. Dabei hatte sie doch nur gehofft, dass sie mit Abed Amiri eine Chance auf eine gemeinsame Zukunft hatte. Aber diese Hoffnung war jäh und auf äußerst brutale Weise von einem Augenblick zum anderen zerstört worden.

„Was ... was soll ich tun?", fragte sie. „Abed, ich habe nichts getan. Bitte lass mich gehen. Ich weiß nicht, was das soll. Ich erkenne dich nicht wieder und..."

Amiris Hand zuckte vor und traf mit einem klatschenden Geräusch ihre rechte Wange. Das schockierte Julia so sehr, dass sie erst Sekunden später schmerzhaft begriff, dass der Mann, den sie zu lieben geglaubt hatte, handgreiflich ihr gegenüber geworden war. Nicht der kurze, brennende Schmerz war es, der sie so sehr schockierte, sondern es war die rohe Gewalt und der mitleidlose Blick seiner Augen, die sie bis ins Tiefste ihrer See schockierten.

„Schweig!", fuhr er sie an, während sie ihn anschaute wie ein Tier, das in eine Falle getappt war und nicht wusste, was nun geschah. Er holte ein Handy aus seiner Jackentasche und hielt es hoch. „Sag mir deine PIN. Wird´s bald?"

Ein Gedanke jagte den anderen hinter Julias Stirn. Als sie nicht schnell genug auf diesen Befehl reagierte, schlug ihr Amiri noch einmal ins Gesicht. Diesmal auf die linke Wange, die sich ebenfalls zu röten begann, und er ließ keinen Zweifel daran, dass er weitere Gewalt anwenden würde, wenn sie seiner Aufforderung nicht unverzüglich nachkam.

„Sieben - vier - neun - null", stammelte sie und sah zu, wie er das Handy einschaltete und dann den PIN-Code eingab. Ein Lächeln zeichnete sich auf seinen bärtigen Gesichtszügen ab, aber seine Augen blieben kalt. Schrecklich kalt und seelenlos, wie Julia fand.

Ein weiterer Mann betrat plötzlich den Raum. Es war derjenige, der Julia die Spritze verabreicht hatte, und er blickte sie mindestens genauso abfällig an, wie es Amiri bereits getan hatte. Er sagte überhaupt nichts, sondern zog ein Messer aus seinem Gürtel und fuchtelte damit vor Julias Augen herum. Sie schrie ängstlich auf, wurde dann aber von dem Mann mit einem Schlag sofort zum Verstummen gebracht. Ihre Unterlippe platzte auf, und Blut trat als kleines Rinnsal hervor.

„Hör jetzt gut zu", sprach Amiri. „Du sagst jetzt deinen Eltern, dass du in Gefangenschaft der Taliban bist und dass wir Forderungen stellen. Wir verlangen eine Million US-Dollar in den nächsten drei Tagen sowie die Freilassung von fünf unserer Glaubensbrüder, die im Pul-e Chakri-Gefängnis von den afghanischen Kollaborateuren festgehalten werden. Die Namen geben wir noch bekannt. Hast du das verstanden?"

Als Julia nicht gleich antwortete, packte sie der zweite Afghane so fest am rechten Oberarm, dass es weh tat. Deshalb wiederholte Amiri seine Frage nochmals, aber in seiner Betonung ließ er keinen Zweifel daran, dass er keine weitere Verzögerung duldete.

„Ja", murmelte sie schließlich, während Amiri das Handy hob und die Kamera auf sie richtete. Mit stockender Stimme wiederholte sie das, was Amiri ihr befohlen hatte, musste aber beim Sprechen immer wieder kurz innehalten, weil ihr die Tränen kamen und sie an Schluchzen unterdrücken musste. Aber gerade das schien ihren beiden Peinigern zu gefallen. Dieser Moment war so demütigend für Julia, dass es kaum zu ertragen war. Deshalb atmete sie auf, als Amiri schließlich das Filmen beendete.

„Die Handynummer deines Vaters!", verlangte er anschließend von ihr.

„Sie steht in meinen Kontakten", antwortete Julia mit gesenktem Kopf, weil sie seinen strengen Blick kaum noch ertragen konnte. Amiri erwiderte nichts darauf, schien aber Sekunden später das gefunden zu haben, wonach er gesucht hatte. Er diktierte über die Sprachfunktion noch eine kurze Nachricht und schickte das eindringliche Video per WhatsApp an die

Nummer von Julias Vater. Nur wenige Augenblicke später war die Nachricht an den Empfänger unterwegs, und es vergingen gerade mal zwei Minuten, bis das Handy anzeigte, dass man die Nachricht empfangen und gelesen hatte. Danach schaltete Amiri das Handy sofort wieder aus.

„Drei Tage, Julia“, sagte er nochmals zu ihr. „Drei Tage, die über dein persönliches Schicksal entscheiden werden. Ich hoffe nur, dass dein Vater weiß, was er zu tun hat. Sonst wird er dich niemals wiedersehen. Es gibt viele Arten, zu sterben, schnell oder langsam. Du wirst bestimmt nicht wissen wollen, was dir blüht, wenn unsere Forderungen nicht erfüllt werden. “

„Mein Vater ist kein Millionär, Abed“, wagte sie nun zu antworten. „Er hat dieses Geld nicht. Er ist nur Botschafter und...“

„Dann wird er Wege und Mittel finden, um dieses Geld zu besorgen!“, fiel ihr Amiri mit hämischer Stimme ins Wort. „Er ist ja der deutsche Botschafter und verfügt sicher über die entsprechenden Kontakte. Und wenn er seine Tochter liebt, dann wird er alle Hebel in Bewegung setzen. Sollen ihm eben die Amerikaner dabei helfen, sonst wirst du es büßen. Es gibt keine Gnade für die Fremden, die unser Land besetzt halten. Wir fordern nur Gerechtigkeit, und die werden wir auch bekommen. Allah wird uns helfen dabei!“

„Lass mich frei, Abed!“, bat ihn Julia mit flehender Stimme. „Ich bin sicher, dass mein Vater sich dafür erkenntlich zeigen wird. Ich bitte dich darum. Du bist doch nicht so wie diese anderen Terroristen da draußen und...“

Amiri ging so rasch auf Julia zu, dass sie erschrocken zusammenzuckte. Er beugte sich zur ihr herab und grinste triumphierend.

„Ich glaube an die Taliban und deren Ziele“, sagte er. „Und wir werden sie erreichen. Dass du in meinem Bett gelandet bist, war nur Mittel zum Zweck, und dieser Zweck hat sich jetzt erfüllt. Du bist einfach nur dumm und minderwertig. Oder glaubst du wirklich, dass sich ein Gotteskrieger wie ich mit einer läufigen weißen Hündin wie dir ernsthaft einlassen würde?" Er schaute dabei zu dem zweiten Afghanen und sagte etwas zu ihm, worauf dieser ebenfalls zu lachen begann und dann vor Julia voller Verachtung ausspuckte. Deutlicher hätte er es nicht sagen können.

„Du bekommst etwas zu essen und zu trinken", redete Amiri jetzt auf die gefangene Deutsche ein. „Verhalte dich ruhig und befolge jeden Befehl, den man dir gibt. Umso schneller kommst du wieder frei. Wenn dein Vater und eure Regierung unsere Forderungen nicht erfüllen, wirst du als erste zu spüren bekommen, was das bedeutet."

Jedes dieser Worte sprühte förmlich vor Hass und Niedertracht. Er hatte Julia betrogen und belogen. All die schönen Momente, die sie mit Abed Amiri zusammen erlebt hatte, waren von dessen Seite aus nur vorgetäuscht worden. Alles hatte lediglich dazu gedient, einen Plan zu verfolgen und umzusetzen, der nun tatsächlich auch gelungen war, und Julia war das ahnungslose Opfer gewesen.

Er beachtete die Tochter des Botschafters nicht mehr, wandte sich einfach ab und verließ den Raum. Der zweite Mann blieb zurück, nahm auf einem Stuhl an der gegenüberliegenden Wand Platz und beobachtete Julia wie eine Spinne ein Insekt, das sich in einem großen Netz verfangen hatte und daraus nicht mehr entkam. Julia spürte jedoch auch die eindeutigen Blicke des Mannes, die ihrer Figur galten. Das Kleid gab einen Teil ihrer langen schlanken Beine frei, und das schien dem Afghanen zu gefallen. Sein Grinsen verstärkte sich, als er sah, wie unangenehm Julia dieser fast schon sezierende Blick war.

Durch ein schmales Fenster fiel jetzt grelles Sonnenlicht in den Raum. Die Sonne war gerade aufgegangen. Draußen erklangen weitere Stimmen, dem das Bellen eines Hundes folgte. Sie wusste nicht, wo sie war, aber ihr Gefühl sagte ihr, dass sie sich nicht mehr in Kabul aufhielt. Vermutlich hatten ihre Entführer sie an einen abgelegenen Ort in den Bergen gebracht und warteten dort auf die Zahlung des Lösegeldes und die Freilassung der inhaftierten Gefangenen.

Die deutsche Botschaft, ihre Eltern und das Leben, das sie bisher gelebt hatte, schienen unendlich weit von ihr entfernt zu sein. Sie befand sich in einer völlig anderen Welt mit Gesetzen, die sie nicht kannte. Und die Menschen, die sie hier eingesperrt hatten, lebten danach. Es war wie ein nicht enden wollender Albtraum, den sie jetzt erlebte, und wahrscheinlich war das erst der Beginn von weiteren Qualen und Entbehrungen, die sie durchmachen musste.

*

3. März 2021
In der deutschen Botschaft in Kabul
Am Morgen gegen 6:45 Uhr

Weder Dieter Wendt noch seine Frau Maria hatten schlafen können. Die Sorgen um ihre auf rätselhafte Weise verschwundene Tochter Julia bereiteten ihnen unruhige Stunden. Und diese Sorgen verstärkten sich noch, als draußen bereits die Sonne aufgegangen war und sie immer noch nichts von Julia gehört hatten.

Der deutsche Botschafter schob die Bettdecke beiseite und ging zum Fenster. Sein Blick richtete sich auf die Straße, die hinüber zum Kabul Star Hotel führte. Sie war verlassen, wie immer, seitdem sich dieser schreckliche Anschlag auf die spanische Botschaft ereignet hatte. Der ganze Bezirk, in dem sich auch andere Botschaften befanden, glich sowohl am Tag als auch in der Nacht mittlerweile einer Geisterstadt, in der sich nur diejenigen Personen aufhalten durften, die über die erforderlichen Dokumente verfügten. Selbst im Kabul Star Hotel gab es entsprechende Kontrollen, und deshalb konnte es Wendt nicht verstehen, wie solch eine Panne überhaupt hatte geschehen können, dass jemand mit einem falschen Pass dort eingecheckt hatte. Das würde noch ein Nachspiel für diejenigen haben, die diesen Fehler zu verantworten hatten!

Seine Gedanken brachen ab, als er plötzlich ein Signal seines Handys hörte. Sofort drehte er sich um, ging zu dem kleinen Tisch neben dem Bett und griff nach seinem Handy. Er erkannte, dass es eine WhatsApp-Nachricht war, und sie stammte von Julia!

„Endlich“, murmelte er. „Maria“, sagte er dann zu seiner Frau. „Es ist Julia. Da kommt gerade eine Nachricht von ihr.“ Er öffnete die Nachricht und wurde auf einmal ganz still, als er erkannte, dass diese Nachricht zwar von Julias Handy versendet worden war, diese aber nicht von ihr stammte.

„Was ist denn los, Dieter?“, fragte ihn seine Frau, als sie bemerkte, dass er zögerte, ihr etwas zu sagen. „Nun rede doch endlich!“

Der deutsche Botschafter antwortete jedoch nicht, sondern ließ das Video ablaufen, so laut, dass es auch seine Frau hören konnte. Als Maria Wendt die Stimme ihrer Tochter hörte, stand sie rasch auf, eilte zu ihrem Mann und blickte voller Entsetzen auf das Video, das jetzt gerade lief. Es zeigte Julia in einer erschreckenden Situation. Sie war blass und weinte, und sie war geschlagen wurden, denn an ihrer Unterlippe war etwas Blut zu erkennen.

Schweigend und entsetzt hörten sich die Eltern an, was ihre Tochter zu sagen hatte. Und als das Video endete, brach Maria Wendt fast zusammen, während ihr Mann sich noch bemühte, seine Fassung zu bewahren. Aber in seinen Augen glänzte es feucht, und die Hand, die das Handy hielt, zitterte stark.

„Oh Gott“, murmelte Maria Wendt. „Das ist schrecklich, Dieter. Du musst etwas tun, und zwar jetzt. Hast du das verstanden, Dieter? JETZT!“ Das letzte Wort hatte sie fast geschrien, weil sie von einer Panik erfasst worden war, die jeden vernünftigen Gedanken überlagerte. Sie warf sich in die Arme ihres Mannes und weinte erneut. Dieter Wendt versuchte wenigstens, seine Frau zu beruhigen, aber wie konnte er das tun, wenn er selbst die grausame Furcht um seine Tochter spürte, die jetzt von ihm Besitz ergriffen hatte?

„Jemand hat zu dem Video noch etwas geschrieben, Maria“, sagte Wendt. „Lies es bitte selbst.“

Seine Frau nickte stumm, wischte einige Tränen ab und schaute dann auf die betreffende Nachricht. Sie lautete: *Befolgen Sie unsere Anweisungen, sonst sehen Sie Ihre Tochter nicht mehr lebend wieder. Tun Sie genau, was von Ihnen erwartet wird. Sie erhalten weitere Anweisungen, welche Gefangenen freigelassen werden müssen. Sobald diese auf freiem Fuß sind, bekommen Sie weitere Infos zur Lösegeldübergabe. Ihre Tochter wird dann umgehend freigelassen. Aber nur, wenn Sie unsere Anweisungen genau befolgen. Ansonsten werden Sie sie nicht mehr wiedersehen.*

„Ruf in Berlin an, Dieter", sagte Maria Wendt. „Jetzt gleich. Hast du verstanden? Wir müssen doch etwas tun!"

Wendt erwiderte nicht gleich etwas darauf, sondern überlegte einen kurzen Moment.

„Ich werde in Berlin anrufen", versprach er seiner Frau. „Aber erst will ich meine Mitarbeiter informieren. Sie müssen wissen, in welcher Ausnahmesituation wir uns befinden. Und dann werde ich alles Weitere veranlassen."

„Ich will das alles gar nicht wissen, Dieter", sagte Maria Wendt. „Versprich mir nur, dass unsere Tochter lebend zu uns zurückkommt."

„Ich werde alles tun, was in meiner Macht steht", versprach er ihr, wich aber ihrem Blick kurz aus. Weil er wusste, dass er dieses Versprechen eigentlich gar nicht geben konnte. Es war eine Sache, sich sicher und professionell auf diplomatischem Parkett zu bewegen, Kontakte zu pflegen und Verhandlungen über wirtschaftliche, politische und kulturelle Angelegenheiten zu führen, aber was mit Julia geschehen hat, hatte mit all dem nur wenig zu tun. Hier ging es ausschließlich um Gewalt, Drohung und Erpressung. Bereiche, die er bisher nur aus dem Fernsehen und aus Zeitungsberichten kannte. Wenn man aber persönlich betroffen war, dann veränderte sich die Sicht der Dinge.

*

3. März 2021
Berlin - Im Penthouse eines Bürogebäudes in der Luisenstraße 46
Mittags gegen 12:00 Uhr

David Heller blickte nachdenklich aus dem großen Panoramafenster hinüber zum Brandenburger Tor. Es war ein sonniger Tag im Herzen der Hauptstadt, und die Temperaturen kündigten den bald einsetzenden Frühling an. Aber Heller hatte keinen Gedanken für das schöne Wetter übrig, nachdem er von seinem Besucher erfahren hatte, was der konkrete Anlass für dieses Gespräch war.

Er kannte den Mann, der ihm jetzt gegenübersaß und ihm erzählt hatte, weshalb man den Einsatz von Hellers Truppe benötigte, die in gewissen Kreisen auch unter den Namen *Kommando ZERO* bekannt war. Eine Truppe von Abenteurern, erfahrenen Söldnern, Logistik- und Computerexperten, die immer dann um Hilfe gerufen wurde, wenn die normalen diplomatischen Kanäle sich entweder als nicht effektiv genug erwiesen oder wenn rasches Handeln erforderlich war.

Das wusste auch Hasim Kodra, der schon seit etlichen Jahren im internationalen Waffenhandel tätig war und über entsprechende weltweite Kontakte verfügte. Dass ausgerechnet er David Heller aufgesucht hatte, musste etwas zu bedeuten haben.

Heller und Kodra waren sich noch nie zuvor persönlich begegnet, aber natürlich wussten sie voneinander, und deshalb hatte Heller diesem Gespräch auch ohne Bedenken zugestimmt, weil er wusste, dass der Albaner in gewisser Hinsicht zuverlässig war. Vor allem, wenn es um Geldbeträge ging, deren Fluss niemand nachverfolgen konnte.

„Kaum zu glauben, dass ausgerechnet Sie für das Außenministerium als Vermittler auftreten", sagte Heller und bemerkte das kurze Aufblitzen in den Augen des Albaners, der von Tirana seine Geschäfte führte. Deshalb fügte er rasch hinzu: „Bitte verstehen Sie das nicht falsch. Ich kann mir sehr gut vorstellen, welche Anstrengungen das Außenministerium unternommen hat, damit man diese Transaktion auf keinen Fall nachverfolgen kann."

„Sie wissen doch, wie das ist, Herr Heller", erwiderte Hasim Kodra mit einem Lächeln, das jedoch seine Augen nicht erreichte. „Man muss in gewissen Dingen flexibel sein. Was kann ich dem Außenministerium sagen? Kommt dieses Geschäft zustande?"

Heller wusste seit gut zwei Stunden von dem Anliegen des Albaners und hatte um Bedenkzeit gebeten. Alles andere wollte er im Detail persönlich im Penthouse besprechen, das offiziell die Firma *Global Consulting Enterprises* gemietet hatte. Aber in Wirklichkeit handelte es sich lediglich um die Kontaktadresse, unter der man das KOMMANDO ZERO erreichen konnte. Das wussten aber nur wenige Eingeweihte, und diejenigen, die davon Kenntnis hatten, waren besser beraten, dies zu verschweigen. Denn alles, was in diesen Räumen vereinbart und beschlossen wurde, wenn das Honorar stimmte, verstieß gegen alles, was internationale Abkommen und sonstige politische Konventionen betraf.

„Ich denke schon", erwiderte Heller nach kurzem Zögern, weil er kurz noch einmal alles aufrief, was er gelesen und geprüft hatte. Während er hier mit Kodra zusammensaß, checkte Hans de Groot nebenan weiter alle Daten im Computer, die er in dieser kurzen Zeit hatte ermitteln können. Der gebürtige Niederländer war ein Experte, was Computer, verschlüsselte Daten, Codes und Programme anging. Im Darknet war er ebenso zuhause wie im normalen Internet und besaß eine sehr schnelle Auffassungsgabe, was manche Zusammenhänge anging, die auf den ersten Blick nicht ersichtlich waren. De Groot spürte sie jedoch in Windeseile auf und zog daraus die richtigen Schlüsse.

Von alledem bekam Kodra nichts mit. Er kannte auch die einzelnen Leute von Hellers Organisation nicht. Von David Heller war offiziell nur das bekannt, was in den Akten der Bundeswehr stand: Alter 55 Jahre, im Rang eines Obersts, zuletzt vor vier Jahren in Afghanistan im Einsatz, aus dem aktiven Dienst anschließend wegen einer Verletzung ausgeschieden und seitdem hin und wieder in beratender Funktion für die Bundeswehr tätig. Ein Lebenslauf, wie er typischer für einen kampferfahrenen Offizier nicht sein konnte.

„Dann sind wir uns ja einig", meinte Kodra mit einem erleichterten Lächeln. „Wann wird Ihre Aktion starten?"

„Noch heute Abend werde ich meine Leute in den Einsatz schicken“, erwiderte Heller. „Spätestens morgen werden wir hoffentlich die ersten Resultate in Erfahrung gebracht haben. Wir werden auf jeden Fall diese drei Tage des Ultimatums für uns nutzen. Ich selbst werde ebenfalls nach Kabul fliegen und mit dem Botschafter sprechen. Alles hängt davon ab, dass die Eltern des entführten Mädchens jetzt keine Fehler machen.“

„Das klingt alles sehr gut“, fügte Kodra hinzu. „Lassen Sie mich wissen, wenn es Neuigkeiten gibt.“ Mit diesen Worten wollte er sich gerade erheben, aber dann ließ ihn Hellers Stimme noch einen kurzen Augenblick innehalten. „Ist noch etwas? “, fragte er etwas unsicher, weil er glaubte, das Gespräch sei jetzt zu Ende.

„Das Wichtigste fehlt noch“, sagte Heller. „Bitte gedulden Sie sich noch einen Augenblick.“ Er stand ebenfalls auf und ging kurz in den Nachbarraum, wo sich Hans de Groot aufhielt und schon alles vorbereitet hatte. Heller bedankte sich mit einem kurzen Nicken für die Vorbereitung und kehrte dann mit einigen ausgedruckten Seiten wieder zu dem albanischen Geschäftsmann zurück.

„Was ist das?“, fragte Kodra, als Heller ihm die Blätter vorlegte.

„Ein Vertrag zwischen der Global Consulting Enterprises und Ihrem Unternehmen, was denn sonst?“, entgegnete Heller und genoss Kodras überraschten Blick. „Keine Sorge, der Vertrag hält jeder Überprüfung stand und erfüllt alle legalen Kriterien. Er regelt lediglich das Honorar, das wir vereinbart haben, und auch die pünktliche Zahlung nach entsprechender Erfolgsmeldung. Einschließlich der Konventionalstrafe, die automatisch fällig wird, wenn die Zahlung zum vereinbarten Zeitpunkt ausbleibt. Lesen Sie sich das alles genau durch, und Sie werden feststellen, dass es daran nichts anzuzweifeln gibt. “

„Das kann ich jetzt nicht glauben!“, stieß der albanische Waffenhändler mit gepresster Stimme hervor. „Sie wollen ernsthaft, dass ich einen Vertrag unterschreibe, nachdem das Außenministerium und ich uns bemüht haben, alles so zu regeln, dass niemand etwas davon mitbekommt?"

„Es ist ein Beratungsvertrag, der nichts mit dem zu tun hat, was wir gerade besprochen haben", antwortete Heller und blieb nach wie vor ganz gelassen, aber dennoch bestimmend. „Aber ich will sicherstellen, dass das vereinbarte Honorar auch gezahlt wird. Es ist eine Vorsichtsmaßnahme, sonst nichts. Ich nehme an, dass das Außenministerium diesen Betrag bereitstellt und dann über verschiedene Kanäle an Sie weiterleitet. Also sind Sie mein Vertragspartner, Herr Kodra. Die Zeit, in denen ein Handschlag ein Geschäft besiegelt, gehören der Vergangenheit an, erst recht in den Bereichen, in denen meine Leute und ich agieren. Ich bin davon ausgegangen, dass Sie das wissen."

Kodra murmelte etwas vor sich hin, was Heller nicht verstand. Der ehemalige Oberst konnte sehen, dass dieser Vertrag Kodra ganz und gar nicht passte, aber er würde trotzdem auf Unterzeichnung und Einhaltung der Rahmenbedingungen bestehen. Und diese bestanden unter anderem auch darin, dass Kodra dafür sorgte, dass Hellers Truppe mit entsprechenden Waffen und Gerätschaften vor Ort ausgestattet wurde. Wenn das Team von KOMMANDO ZERO in Kabul ankam, musste alles bereitstehen. Damit dies auch umgesetzt werden konnte, musste Kodra noch heute alles in die Wege leiten. Ein logistischer Aufwand, der nicht ganz ohne Probleme vonstattengehen würde. Aber ein Waffenhändler wie er würde das sicher möglich machen können.

„Gut, ich werde alles veranlassen. Sie können davon ausgehen, dass alles, was Sie benötigen, rechtzeitig vor Ort sein wird. Sie erhalten noch präzise Angaben", versicherte ihm Kodra.

„Ich verlasse mich darauf", sagte Heller, wartete ab, bis Kodra seine Unterschrift unter den Vertrag gesetzt hatte und unterzeichnete das Dokument ebenfalls. Damit war die Sache nun offiziell. „Geben Sie mir Bescheid, sobald Sie den genauen Zeitpunkt kennen. Schauen Sie nicht so unglücklich drein, Herr Kodra", meinte er dann noch abschließend. „Ich bin sicher, dass das Außenministerium Sie für diese Vermittlung ebenfalls großzügig entlohnen wird. Aber das will ich gar nicht wissen. Hauptsache, meine Leute und ich bekommen das, was wir vereinbart haben."

„Das wird so sein", sagte Kodra und erhob sich vom Tisch. Ein kurzer Händedruck mit einem angedeuteten Lächeln, dann verließ der Albaner die Büroräume der Global Consulting Enterprises so schnell wie er sie betreten hatte. Das ganze Gespräch hatte noch nicht einmal eine halbe Stunde gedauert, aber es hatte dennoch mit einem Vertrag geendet, der die Grundlage für den Einsatz von KOMMANDO ZERO darstellte.

Hinter sich hörte Heller Schritte. Hans de Groot kam aus dem angrenzenden Raum. Der vierzigjährige Niederländer wirkte nicht wie ein Computerexperte, der sich in den weltweiten Datenbanken sehr gut zurechtfand, sondern eher wie ein Mann, der so viel Zeit wie möglich draußen verbrachte und aktiv Sport trieb. Er war groß und schlank und trug das blonde Haar sehr kurz geschnitten.

„Die anderen Teammitglieder sind bereits informiert und auf dem Weg hierher", klärte de Groot den ehemaligen Oberst auf. „In den nächsten zwei Stunden werden sie hier sein. Zumindest die meisten von ihnen."

„Wer fehlt noch, oder anders gefragt: Wer ist noch auf dem Weg hierher? Wir müssen auf jeden Fall noch heute Abend die Maschine nach Kabul nehmen."

„Marcel Becaud und Sylvie Durand kommen aus München. Sie sind bereits auf dem Weg. Leo Pieringer und Patrick Johnson werden in der nächsten halben Stunde hier sein. Die restlichen Leute brauchen höchstens noch zwei Stunden. Evelyn Berg ist zu Besuch bei einer Freundin, aber auch hier in Berlin. Taylor und Cutler habe ich gerade noch stoppen können, ihren Flug nach Mexiko anzutreten, weil Maria Hernandez diese Idee hatte. Sie werden ebenfalls bald hier sein. Es gibt zwei Flüge unterschiedlicher Gesellschaften", fügte de Groot hinzu. „Ich habe schon entsprechende Tickets gebucht, damit wir keine unnötige Zeit verlieren. Schließlich haben wir nur einen kleinen Zeitkorridor zur Verfügung."

„Sehr gut", lobte ihn Heller. „Dann werden wir gleich alles im Detail besprechen können." Er schaute dabei kurz auf seine Armbanduhr. Die nächsten Stunden würden viele Informationen beinhalten, und dazu gehörte auch die Absprache des weiteren Vorgehens. Schlaf würde es in dieser Nacht nicht viel geben.

Kapitel 3

Der Plan

3. März 2021
Berlin – vor dem Bürogebäude in der Luisenstraße 46
Am Nachmittag gegen 13:30 Uhr

Leo Pieringer bezahlte den Taxifahrer und stieg aus. Während der Fahrer ihm sein Gepäck aushändigte, schaute er stirnrunzelnd zum Eingang des Gebäudes. Ein zweites Taxi kam gerade vorgefahren, und er kannte den Mann, der jetzt ebenfalls ausstieg. Es war Patrick Johnson, der über zehn Jahre lang als Major für den MI5, den britischen Security Service gearbeitet hatte. Wahrscheinlich wäre er jetzt noch dort, wenn er nicht ein verlockendes Angebot vom *Kommando ZERO* bekommen hätte.

Johnson war Anfang vierzig, über 1,80 m groß und von schlanker Gestalt. Er hatte schwarze Haare und wirkte eher wie ein unscheinbarer Buchhalter als ein erfahrener Soldat, der schon gefährliche Einsätze im Ausland überlebt hatte. Aber gerade dieses unauffällige Äußere war ein Pluspunkt, mit dem er seine Gegner oft hatte austricksen können.

Als er Pieringer sah, grinste er und winkte ihm zu. Die beiden verstanden sich gut, denn auch der gebürtige Österreicher Leo Pieringer besaß einen militärischen Hintergrund. Er hatte es zwar nie weiter als bis zum Sergeant in verschiedenen Einheiten der Fremdenlegion gebracht und war meistens auf dem afrikanischen Kontinent tätig gewesen. Er war etwas kleiner als Johnson, aber dafür breitschultrig und kompakt. Jemand, der versuchte, sich mit ihm anzulegen, wurde sehr schnell eines Besseren belehrt. Pieringer war ein Experte, wenn es darum ging, eine riskante Mission mit nur einer Handvoll Männer schnell und erfolgreich auszuführen. Er hatte das Töten gelernt und wusste, was er zu tun hatte, wenn er selbst überleben wollte.

„Hallo Leo!", begrüßte ihn jetzt der britische Ex-Offizier. „Du bist wieder mal pünktlich."

„Ich war in der Nähe", antwortete Pieringer. „Genauer gesagt auf einer Bootsfahrt auf der Spree am Regierungsviertel entlang. Wenn ich schon mal in Berlin bin, wollte ich mir das nicht entgehen lassen. Allerdings hätte ich nicht damit gerechnet, dass David ausgerechnet jetzt anruft."

„So ging es mir auch", erwiderte Johnson. „Ich wollte hier eigentlich nur zwei Tage bleiben und dann weiterfliegen nach Dublin. Aber so wie es jetzt aussieht, kann ich das wohl vergessen. Weißt du, um was es genau geht?"

„Wahrscheinlich nicht mehr als du", meinte Pieringer. „Aber wir werden es gleich erfahren. Gehen wir."

Die beiden Männer betraten das Gebäude und betraten den Fahrstuhl, nachdem sie die Kontrolle einer Sicherheitsfirma hinter sich gebracht hatten. Nicht jeder konnte das Gebäude betreten. Die Security.-Mitarbeiter in der Empfangshalle checkten jeden, der in die oberen Etagen wollte, und das war gut so. Pieringer und Johnson wurden sogar telefonisch angemeldet und durften dann zum Fahrstuhl gehen.

Als die beiden die Etage erreichte, in der sich die Büros der Global Consulting Company befanden, wurden sie schon von Hans de Groot vor dem Fahrstuhl erwartet.

„Gut, dass ihr so schnell gekommen seid", begrüßte er die beiden Männer „Marcel und Sylvie sind kurz vor euch eingetroffen."

„Was ist mit dem Rest unserer Truppe?", fragte Pieringer.

„Sozusagen im Anflug“, meinte de Groot. „Es kann nicht mehr lange dauern, bis sie alle hier sind. Wir hoffen, dass wir in spätestens zwei Stunden anfangen können.“

Er ging voraus, und Pieringer und Johnson folgten ihm. Wenig später betraten sie den großen Raum, in dem die Besprechung stattfinden sollte. Pieringer ging sofort auf David Heller zu und begrüßte ihn mit einem kräftigen Händedruck.

„Es geht wieder los, Leo“, sagte Heller zu ihm und Johnson. „Setzt euch. Es wird nicht mehr lange dauern, bis die anderen eingetroffen sind.“

„Wohin geht es diesmal?“, wollte Johnson wissen.

„Kabul“, lautete Hellers Antwort und sah, dass Johnsons Miene sehr ernste Züge annahm. „Ja, ich weiß, was ich jetzt von euch verlange. Aber es geht nicht anders. Die Tochter des deutschen Botschafters ist entführt worden, und wir haben nur drei Tage Zeit, die Sache zu regeln.“

„Das ist knapp“, meinte Pieringer. „Aber nicht unmöglich, wenn wir es vernünftig planen.“

„Deshalb sind wir hier“, antwortete Heller. „Marcel und Sylvie wissen auch schon Bescheid.“

Pieringer schaute hinüber zu Marcel Becaud, der neben Sylvie Durand saß. Die beiden waren Franzosen. Becaud war Anfang dreißig, hatte schwarze, etwas lockige Haare und einen Dreitagebart. Er war ein Mann, der seine Emotionen nur selten zeigte. Für ihn zählte einzig und allein das Honorar, das ihm in Aussicht gestellt wurde, wenn er einen Job gewissenhaft erledigen sollte. Er gehörte seit zwei Jahren zu *Kommando ZERO* und war sich nicht zu schade, an vorderster Front zu kämpfen, wenn das Honorar stimmte. Zu Beginn hatte es noch Probleme für ihn gegeben, sich ins Team einzufügen, weil er bisher immer allein gearbeitet hatte. Mittlerweile wussten die anderen Männer und Frauen jedoch, dass man sich auf Becaud verlassen konnte.

Sylvie Durand war schlank und hatte schulterlange brünette Haare. Wer ihr zum ersten Mal begegnete, hätte sie vermutlich für ein Model gehalten. Dabei war sie ausgebildete Elitesoldatin und hatte einige Jahre für die Direction Generale de la Securite Exterieure, besser bekannt als DGSE, in verschiedenen Auslandseinsätzen im nordafrikanischen und arabischen Raum gearbeitet. Sie beherrschte einige asiatische Kampftaktiken und hatte schon so manchen Gegner damit überrascht, weil ihr das niemand zugetraut hätte. Bei einem dieser Einsätze war sie Becaud begegnet, und der hatte sie schließlich zum *Kommando ZERO* gebracht. Die beiden hatten seitdem einige gemeinsame Einsätze erfolgreich hinter sich gebracht und schienen sich auch privat sehr gut zu verstehen. Aber das war Sache von Marcel und Sylvie, und sie sprachen nicht darüber, was schließlich von den anderen Teammitgliedern auch akzeptiert wurde.

Während Pieringer und Johnson Platz nahmen, hatte sich de Groot erhoben und kurz den Raum verlassen. Nur wenige Augenblicke später kam er wieder zurück, und bei ihm befand sich Evelyn Berg. Sie war groß, hatte blonde Haare und besaß einen durchtrainierten Körper. Sie war Zeitsoldatin bei der Bundeswehr und in Mali stationiert gewesen. In den Akten über sie hatte gestanden, dass sie bei zwei Einsätzen ihr eigenes Leben riskiert hatte, um das ihrer Kameraden zu retten, und so war David Heller auf sie aufmerksam geworden. Heller hatte sie zum *Kommando ZERO* geholt, und er hatte tatsächlich das richtige Gespür gehabt, dass Evelyn gut ins Team passte.

„Es ging nicht früher", sagte die dreißigjährige Deutsche. Am Alexanderplatz haben die Klimakleber wieder mal ein Verkehrschaos verursacht. Fragt mich lieber nicht, was ich davon halte." Im ersten Moment sah es so aus, als wollte sie ihren Ärger über diese Verzögerung in deutliche Worte fassen, aber dann schien sie es sich doch noch anders überlegt zu haben, nahm am Tisch Platz und blickte erwartungsvoll in die Runde.

„Wir warten noch auf Bill Taylor, Maria Hernandez und Ben Cutler", sagte David Heller zu den Anwesenden. „Zum Glück konnte Hans sie noch erreichen, bevor sie den Flug nach Mexico City angetreten haben?"

„Ein Urlaub zu dritt?", fragte Leo Pieringer überrascht, weil er das nicht wusste.

„Nein“, sagte de Groot. „Es war die Idee von Maria. Sie wollte ihre Verwandten spontan besuchen, und Bill hat ebenfalls Freunde in der Nähe von Mexico City. Und was Ben angeht: Ich glaube, der wollte einfach mit und es sich für ein paar Tage gutgehen lassen.“

„Als ehemaliger NSA-Agent ist es nicht ganz ohne Risiko, sich in Mexiko aufzuhalten“, gab Marcel Becaud zu bedenken. „Aber er muss wissen, was er tut.“

„Davon kann man ausgehen“, meinte de Groot. „Um keine Zeit zu verlieren, fangen wir jetzt an. David wird euch den aktuellen Stand der Dinge erklären. Für Bill, Maria und Ben habe ich alle wichtigen Infos kurz zusammengefasst. Schaut euch das an und prägt euch die Details ein.“ Mit diesen Worten aktivierte er sein Laptop und projizierte alle wichtigen Infos für das Team auf die gegenüberliegende Wand.

„Julia Wendt“, sagte er, während er ein Foto präsentierte, das er in den Datenbanken gefunden hatte. „Die Tochter des deutschen Botschafters Dieter Wendt in Kabul. Sie ist auf einen der ältesten Tricks hereingefallen, ohne zu begreifen, dass es von Anfang an beschlossene Sache war.“ Er berichtete den Männern und Frauen, was er von Hasim Kodra erfahren hatte und registrierte das Kopfschütteln von Leo Pieringer.

„Wie kann man denn nur so dumm sein?“, fragte sich Pieringer. „Das hätte die junge Frau doch wissen müssen.“

„Liebe macht manchmal blind“, sagte Sylvie Durand und spielte dabei mit einer widerspenstigen Haarsträhne. „Da kann sowas mal passieren.“

„Aber ganz sicher nicht bei dir, oder?“, konnte sich Evelyn Berg diese Bemerkung nicht verkneifen. „Du hast dich ja jederzeit unter Kontrolle, oder?“

„Ich schon“, konterte Sylvie und lächelte, als sie das kurze Aufblitzen in Evelyns Augen bemerkte. Die beiden hatten anfangs ziemliche Mühe gehabt, miteinander klarzukommen, aber bis auf wenige spitze Bemerkungen hatte sich das mittlerweile erledigt. Man respektierte sich gegenseitig, aber manchmal gab es unterschiedliche Ansichten. Oberst Heller hatte aber dafür gesorgt, dass die beiden im Team funktionierten. Er nahm an, dass diese gegenseitige Stichelei etwas damit zu tun hatte, dass Evelyn auch mal ein Auge auf Marcel Becaud geworfen hatte, aber letztendlich Sylvie die Favoritin des Franzosen geworden war.

De Groot wollte gerade mit seinem Bericht fortfahren, als sein Handy klingelte. Er warf einen Blick auf die Nummer und schaute dann zu Heller. „Es ist Bill", sagte er. „Einen Augenblick." Er meldete sich kurz und fragte dann: „Wo seid ihr genau?" Sekunden später fügte er dann hinzu. „Also in einer guten Viertelstunde? Sehr gut. Beeilt euch. Alle anderen sind schon da." Dann beendete er das Telefonat und ging nicht näher auf den Inhalt ein. Stattdessen fuhr er mit seinen Erläuterungen zur entführten Julia Wendt fort. „Diese Halunken haben ein Lösegeld von einer Million US-Dollar und die Freilassung von einigen Terroristen gefordert. Die uns zur Verfügung stehende Zeitspanne ist sehr knapp. Wir müssen also in spätestens drei Tagen die junge Frau aus den Händen ihrer Entführer befreit haben."

„Was weiß man konkret über die Entführer?", wollte Leo Pieringer wissen.

„Nichts, außer dass sie zu den Taliban gehören", antwortete de Groot. „Das ist wenig, ich weiß. Es gibt eine vage Personenbeschreibung von einem der Entführer, aber sonst nichts."

„Und die Terroristen, die im Pul-e Chakri-Gefängnis einsitzen?", fragte Pieringer. „Hast du schon mehr Infos zu diesen Leuten, Hans?"

„Aber sicher", erwiderte dieser mit einem kurzen Grinsen. Wer Hans de Groot kannte, der ging davon aus, dass er immer vollständige und brauchbare Informationen lieferte, wenn er in einer bestimmten Angelegenheit recherchierte. Und das war auch diesmal der Fall. Er hatte sich unmittelbar nach Erhalt der Info an den Computer gesetzt und war über verschiedene Kanäle schließlich in das interne System des Pul-e Chakri-Gefängnisses gelangt. Die afghanische Regierung und deren Computerexperten wären wahrscheinlich entsetzt darüber gewesen, wie schnell es de Groot gelungen war, an die gesuchten Daten heranzukommen.

„Vielleicht erst einmal ein paar Erläuterungen zum Bagram-Gefängnis, damit ihr wisst, was vorher passiert ist und wie das alles zusammenhängt", begann de Groot mit seinen Schilderungen und betätigte wieder sein Laptop, das einige Luftaufnahmen dieser Location zeigte. „Kurz nach den Terroranschlägen vom 11. September 2001 begann die Regierung der Vereinigten Staaten den Krieg mit Afghanistan. Sie und ihre Verbündeten verfolgten dabei das Ziel, die seit 1996 herrschende Taliban-Regierung zu stürzen und die Terrororganisation Al-Qaida zu bekämpfen. Letztere wurden für die Terroranschläge verantwortlich gemacht. Die USA rechneten anfänglich mit einer relativ kurzen Intervention. Das Lager Bagram, Anfang 2002 als Provisorium eingerichtet, fungierte in den ersten Jahren als eine Art Durchlaufstation. In Militärkreisen spricht man auch von einem sogenannten *screening point*. Das Wort *screening* bedeutet übersetzt in etwa durchleuchten, selektieren, aussieben oder klassifizieren. Für die Amerikaner war Bagram die wichtigste Einrichtung dieser Art in der Region. Die US Army brachte den überwiegenden Teil der von ihnen in Afghanistan oder Pakistan festgenommenen Personen erst einmal dorthin. Ein großer Teil der Insassen wurde von dort dann nach Guantánamo überstellt."

„Das ist mir auch bekannt", sagte Pieringer und bemerkte, dass auch einige andere Mitglieder des *Kommando ZERO* nickten. „Was gibt es sonst noch, Hans?"

„Jede Menge unangenehme Tatsachen", fuhr der Niederländer fort. „Von 2005 bis 2009 hatte sich die Anzahl der Gefangenen in Bagram fast versechsfacht. Als Gründe dafür nannte die New York Times zum einen den eskalierenden Krieg in der Region und zum anderen, dass die Regierung Bush im September 2004 den Weitertransport von Insassen nach Guantánamo gestoppt hatte. Während die Anzahl der Gefangenen in Guantánamo also von etwa 600 auf 245 im Januar 2009 sank, stieg im gleichen Zeitraum deren Anzahl in Bagram auf 600 an. Anfang 2008 war sogar von geschätzten 630 Insassen die Rede, die Zahl hatte sich aber danach wieder bei etwa 600 eingependelt. Nach offiziellen Angaben waren die meisten Insassen Afghanen. Die meisten von ihnen waren bei Kämpfen oder bei Razzien festgenommen worden und standen unter Verdacht, Taliban-Kämpfer zu sein. Die Gefangenen leben dort unter menschenverachtenden Bedingungen, es hat sogar Misshandlungen mit zwei Todesfällen gegeben."

„Also wie in Guantanamo", meinte Becaud daraufhin. „Manche Dinge wiederholen sich eben immer wieder. Und überall haben die Amerikaner ihre Hände im Spiel."

„Lass das ja nicht Bill oder Ben hören, wenn sie hier sind", meinte Johnson. „Die beiden könnten da anderer Meinung sein."

„Die beiden wissen, wie ich darüber denke", erwiderte Pieringer. „Jedenfalls wurde das Bagram-Gefängnis auf massiven Druck schließlich aufgelöst und die Gefangenen der afghanischen Regierung übergeben. Seitdem sitzen die meisten Taliban-Kämpfer im Pul-e Chakri-Gefängnis am Stadtrand von Kabul ein und werden dort nach wie vor bewacht. Kommen wir nun zurück zu den Forderungen der Taliban. Was wissen wir von den inhaftierten Terroristen, die man auf diese Weise aus dem Gefängnis holen will?"

„Bis jetzt habe ich nur eine allgemeine Gefangenenliste herausgefiltert", sagte de Groot. „Aber noch wissen wir nicht, wer aus diesem Personenkreis freigepresst werden soll. Ich gehe davon aus, dass die Taliban die genauen Namen noch bekanntgeben werden. Und sobald wir sie haben, kann ich auch mehr zu diesen Terroristen sagen."

„Um es ganz klar zu sagen", ergriff Heller jetzt das Wort. „Wir sind in Afghanistan völlig auf uns allein gestellt. Der deutsche Botschafter weiß, dass alles versucht wird, um seine Tochter wieder zurückzubringen, aber er weiß nicht, auf welchem Weg das geschieht. Ob die afghanische Regierung auf die Forderung eingeht, die Terroristen freizulassen, steht zur Stunde noch nicht fest. Unsere Regierung und die der USA verhandeln mit den Entscheidern vor Ort gerade darüber. Das sollte uns aber nicht davon abhalten, unseren Plan umzusetzen."

„Und wie sieht der nun im Detail aus?", fragte Evelyn Berg, die jetzt etwas ungeduldig wirkte, weil sie wissen wollte, was man von ihr erwartete.

„Hans hat zwei Flüge auf unterschiedlichen Maschinen gebucht", sagte Heller. „Sie werden mit einem Abstand von drei Stunden in Kabul eintreffen. Eine Gruppe bleibt im Kabul Star Hotel, wo die Entführung stattgefunden hat, die andere Gruppe kommt in einem anderen Hotel unter. Hans und ich entscheiden dann über alles Weitere, sobald wir uns ein genaues Bild vor Ort gemacht haben."

Erneut ließ das Klingeln von de Groots Handy den Oberst kurz innehalten. De Groot meldete sich und blickte erleichtert drein. Dann beendete er das Gespräch auch wieder.

„Sie sind da", sagte er zu den anwesenden Mitgliedern der Spezialeinheit. „Einen Moment."

Er erhob sich und verließ den Raum. Dann kehrte er mit einer Frau und zwei Männern zurück. Die Frau war Maria Hernandez. Die Mexikanerin war das jüngste Mitglied der Truppe. Gerade mal siebenundzwanzig Jahre alt, mit langen schwarzen Haaren und einem ebenmäßigen Gesicht, dessen Lächeln schon so manchen Mann um den Verstand gebracht hatte. Trotzdem hatte sie schon sehr viele Erfahrungen im Leben gesammelt, von denen einige nicht besonders angenehm waren. Sie war Bodyguard eines mexikanischen Drogenbosses gewesen und hatte selbst miterlebt, was Gewalt und Tod bedeuteten. Wahrscheinlich wäre sie im Sumpf aus Intrigen und Verbrechen versunken, wenn Bill Taylor sie da nicht herausgeholt hätte.

Taylor stand rechts neben Maria. Er war viel größer als Maria, hatte braune Haare und einen buschigen Oberlippenbart, der ihn älter aussehen ließ, als er eigentlich war. Er war Mitglied der Navy Seals gewesen und hatte zusammen mit der NSA einen entscheidenden Schlag gegen die mexikanische Drogenmafia geführt. Das war jetzt mehr als drei Jahre her, aber Taylor erinnerte sich noch sehr gut an diesen Einsatz.

Das galt auch für Ben Cutler, der links neben Maria stand. Er hatte die Figur eines Bodybuilders, war schwarz und hatte einen kahlen Kopf. Der strenge Blick und sein Auftreten hatten so einige zwielichtige Zeitgenossen eingeschüchtert, und die meisten hatten deshalb einen weiten Bogen um ihn gemacht. Diejenigen, die das nicht hatten verstehen wollen, lebten entweder nicht mehr oder verbrachten längere Zeit in einem Krankenhaus. Als ehemaliger NSA-Agent hatte es Cutler gelernt, rasch und zielgenau zu handeln.

Jetzt war das Team von *Kommando ZERO* komplett. Heller forderte die letzten drei Mitglieder auf, Platz zu nehmen und erklärte ihnen in kurzen Sätzen, was bisher besprochen worden war.

„Kein leichter Job", bemerkte Ben Cutler. „Wenn die Taliban irgendetwas davon mitbekommen, dann werden sie uns einen Kopf kürzer machen."

„Wir wissen alle, auf was wir uns einlassen, Ben", sagte Heller. „Das ist unser Risiko, aber wenn wir den Job hinter uns gebracht haben, dann dürfte jeder von euch in nächster Zeit keine Geldsorgen mehr haben."

„Wann startet unser Flug?", fragte Maria Hernandez, die aufgrund ihrer eigenen Erfahrungen über Risiken mittlerweile keine Gedanken mehr machte.

„Der erste Flug startet heute Abend um 19:00 Uhr, und zwar vom Flughafen Berlin-Tegel", klärte sie Heller auf. „Der Anschlussflug, diesmal eine Zivilmaschine, fliegt zwei Stunden später vom BER-Flughafen. Ich, Leo, Hans und Evelyn nehmen die Militärmaschine. Die anderen fliegen normal mit einer Linienmaschine. Ihr seid Teil einer Reisegruppe, zumindest steht es so auf den Dokumenten. Wenn ihr im Kabul Star Hotel angekommen seid, wartet ihr auf weitere Anweisungen. Leo, Hans, Evelyn und ich haben Zimmer im Park Star Hotel gebucht. Es ist knapp zwei Kilometer von eurem Hotel entfernt. Niemand wird auf den Gedanken kommen, dass wir ein Team sind. Wir sorgen in der Zwischenzeit für die logistischen Voraussetzungen. Zumindest spielt die Bundeswehr mit, denn darum habe ich gebeten. Sonst noch irgendwelche Fragen?"

„Welche Waffen bekommen wir?", fragte Leo Pieringer. „Ich denke, wir brauchen da schon eine gewisse Auswahl."

„Es wird alles vorhanden sein, Leo", erwiderte Heller. „Wir werden auch Fahrzeuge zur Verfügung haben, mit denen wir auch abseits der bekannten Straßen gut vorankommen werden. Schließlich müssen wir damit rechnen, dass Julia Wendt sich nicht mehr in Kabul befindet."

„Das klingt nach einem Guerillakampf in schwer zugänglichen Regionen", gab Bill Taylor zu bedenken. „Wir werden völlig auf uns allein gestellt sein. Oder gibt es Unterstützung vom lokalen Militär?"

„Nein, vorerst wohl nicht", sagte Heller. „Wir operieren inkognito und sind ganz auf uns allein gestellt. „Aber das kennst du ja, oder?"

Was hätte Taylor darauf noch erwidern sollen? Deshalb nickte er nur und gab sich mit dieser Antwort zufrieden.

„Gut", meinte Heller abschließend. „Damit ist alles gesagt. Unser Job hat hiermit offiziell begonnen."

Kapitel 4

Ankunft in Kabul

4. März 2021
Kabul / Afghanistan
Kurz vor der Landung auf dem Hamid Karzai International Airport
Morgens gegen 8:30 Uhr

David Heller spürte die Müdigkeit in seinen Knochen und konnte ein Gähnen nicht unterdrücken. Der Flug mit dem Airbus A400M war nicht ganz so komfortabel wie in einer regulären Linienmaschine. Es handelte sich um einen Hochdecker mit vier Propellermotoren, Druckkabine sowie Heckfrachttor und war als strategisches und taktisches Transport- und Tankflugzeug konzipiert. Dieser Flugzeugtyp konnte Personal und Material transportieren und absetzen. Der Transport konnte in unterschiedlichen Varianten durchgeführt werden. Im Laderaum gab es bis zu 116 Personen Platz. Dieser große Laderaum ermöglichte es auch, unterschiedliches Material zu transportieren, wie beispielsweise einen Kampfhubschrauber Tiger, einen leichten Unterstützungshubschrauber H145M, drei Geländewagen vom Typ Wolf oder einen Transportpanzer Fuchs beziehungsweise Schützenpanzer Puma.

Immerhin hatte es Hasim Kodra aufgrund seiner Kontakte geschafft, dass die Bundeswehr diese Transportmaschine zur Verfügung stellte und neben der normalen Fracht einige der Männer von Hellers Truppe gleich mitnahm.

Heller konnte nur abschätzen, welchen Aufwand der albanische Geschäftsmann betrieben haben musste, damit die Dinge in kürzester Zeit in Bewegung gerieten, und das bereits zu einem Zeitpunkt, wo noch gar nicht sicher gewesen war, dass Oberst Heller und seine Leute diesen Job überhaupt annehmen würden.

Zumindest hatte Kodra eins erreicht: Das verantwortliche Flugpersonal und die an Bord anwesenden Soldaten stellten keine unnötigen Fragen, sondern akzeptierten einfach die Tatsache, dass auf diesem Flug eine Gruppe von Personen dabei war, die offensichtlich über einen Sonderstatus verfügten, den man besser nicht infragestellte.

Langsam ging der Airbus A400M in den Landeanflug über. Heller und seine drei Teammitglieder blickten auf das Gelände des großen Flughafens, der in diesen unsicheren Zeiten von großer strategischer Bedeutung war. Deshalb befand sich ein nicht unwesentlicher Teil des Areals immer noch unter Kontrolle amerikanischer Truppen, die von hier aus Operationen gegen die Taliban starteten.

„Ob sich die Lage jemals wieder beruhigen wird?", riss Leo Pieringer den ehemaligen Oberst aus seinen Gedanken. „Ich wäre bereit, zu wetten, dass diese ganzen internationalen Militärmissionen am Ende nichts bringen. Die Taliban nähern sich unaufhaltsam Kabul, und niemand wird sie auf Dauer stoppen können."

„Weil sie allmählich immer mehr Unterstützung von der Bevölkerung bekommen", meinte Hans de Groot. „Trotz allem, was für dieses Land getan wurde. Aber für die bleiben wir wohl immer noch die Fremden, die hier nicht willkommen sind. Was meinst du, Evelyn?"

Die blonde Deutsche überlegte einen kurzen Moment, bevor sie ihre Gedanken in Worte fasste.

„Wie du weißt, war ich unter anderem auch ein Jahr lang im deutschen Militärstützpunkt in Kundus stationiert, Hans", sagte sie. „Das ist zwar schon einige Jahre her, aber ich habe nicht vergessen, was dort alles passiert ist. Hier wird sich nie etwas ändern. Ich habe es begriffen, und das war einer der Gründe, warum ich meine Zeit bei der Bundeswehr beendet habe. Hier kann man nichts erreichen. Zumindest dann nicht, wenn man es über offizielle Kanäle versucht."

„Wir sind ja nicht offiziell hier", meinte Heller mit einem kurzen Grinsen. „Und der Sold, den wir erhalten, ist es wert, ein kleines Risiko einzugehen."

„Kleines Risiko?", meinte Evelyn gereizt. „Wir stehen jetzt schon mit einem Bein in der Hölle, wenn wir nicht aufpassen. Ist euch das eigentlich klar?"

„Natürlich", sagte Pieringer. „Genauso wie dir auch. Und trotzdem bist du mit dabei und hast keine Sekunde gezögert. Reden wir am besten nicht mehr über das, was mal war, sondern denken lieber an das, was wir vorhaben. Schließlich haben wir nur drei Tage Zeit dazu."

„Ich weiß das alles, Leo", entgegnete Evelyn. „Und eins kannst du mir glauben: Ich werde verdammt aufpassen, dass wir nicht in eine Falle tappen. Sowas spüre ich nämlich."

„Genau deshalb wollte ich ja, dass du mit dabei bist", sagte Heller. „Du hast als einzige Soldatin Erfahrungen in diesem Scheißkrieg gemacht. Deshalb ist es so wichtig, dass du hier bist. Wir zählen alle auf dich."

Evelyn nickte nur, sagte aber nichts mehr, während der Airbus wenig später mit auf der Landebahn aufsetzte und ein kurzer Ruck durch die Maschine ging. Dann setzten die Bremsen ein, die Geschwindigkeit nahm ab, und das Flugzeug rollte langsam aus. Schließlich näherte es sich den zahlreichen Lagerhallen im militärischen Bereich, und die vier Teammitglieder von *Kommando ZERO* konnten sehen, dass man sie bereits erwartet hatte.

Zumindest wirkte das auf David Heller so, als stünde ein offizielles Begrüßungskommando bereit, um sie in Empfang zu nehmen. Wahrscheinlich sollte das alles ohne großes Aufsehen vonstattengehen. Deshalb blieben sie alle sitzen und ließen den deutschen Soldaten beim Aussteigen den Vorrang, als sie das Flugzeug verließen. Erst, als sie schon draußen waren und von einigen anderen Uniformierten der Bundeswehr in Empfang genommen wurde, begaben sich Heller und seine Leute zum Ausgang.

Über die Gangway erreichten sie den Boden. Dort standen mehrere amerikanische und deutsche Offiziere.

„Oberst Heller?", wurde er nun von einem amerikanischen Offizier angesprochen, der die Insignien eines Colonels an der Uniform trug. „Ich bin Colonel Walter Shelton, und das hier ist Major Klaus Kohlmann. Willkommen in Kabul."

„Danke", sagte Heller und ergriff die ausgestreckte Hand des amerikanischen Colonels und drückte sie kurz. Anschließend begrüßte er auch den deutschen Offizier auf dieselbe Weise.

„Wir sind informiert über Ihr Vorhaben, Oberst Heller", ergriff nun Major Kohlmann das Wort. „Sie können davon ausgehen, dass es nur einen kleinen Kreis von eingeweihten Personen gibt, die über Ihre Mission Bescheid wissen. Ich kümmere mich höchstpersönlich um die Fracht, die Ihren Einsatz betrifft. Wir verladen sofort alles und bringen es in die Halle dort drüben. Sie können jederzeit darüber verfügen."

„Sehr gut", sagte Heller sofort. „Wir müssen jederzeit Zugang haben, ohne dass das jemand bemerkt. Geben Sie uns erst einmal vier zivile Transportfahrzeuge, und der Rest ist unsere Sache."

„Sind Sie sicher?", fragte Major Kohlmann, der sichtlich erstaunt darüber war, das zu hören. Man konnte ihm ansehen, dass er diese Entscheidung nicht guthieß.

„Absolut, Major", erwiderte Heller, der jetzt wirklich keine Lust hatte, sich wegen gewisser Kompetenzen zu streiten.

„Wir machen es so, wie ich es gesagt habe. Meine Leute und ich bedanken uns dafür, dass Sie uns logistisch unterstützt haben, aber alles andere ist unsere Sache."

Kohlmann blickte fragend und auch ein wenig resignierend zu Colonel Shelton. Aber der zuckte nur kurz mit den Schultern.

„Wie Sie wollen", sagte der amerikanische Kommandant. „Falls Sie dennoch Unterstützung in irgendeiner Form von uns wünschen, dann sind wir natürlich bereit dazu."

„Gut", fügte Heller hinzu. „Dann helfen Sie uns, einen meiner Leute ins Pul-e Chakri-Gefängnis einzuschleusen. Wir brauchen unbedingt jemanden vor Ort, wenn ein Gefangenenaustausch stattfinden soll."

„Das ist sehr riskant, Oberst Heller", gab Colonel Shelton zu bedenken. „Wie Sie wissen, ist das kein Gefängnis der üblichen Art und …"

„Wir wissen das sehr genau, Colonel", fiel ihm Leo Pieringer ins Wort. Er war kein Freund von Hindernissen, sondern sorgte mit seiner direkten Art immer dafür, dass Dinge, die das *Kommando ZERO* benötigte, auch zur Verfügung gestellt wurden. „Über die Details und natürlich das Gefängnis haben wir uns schon umfassend informiert."

„Wenn mein Freund Pieringer sagt, dass es umfassend ist, dann meint er das auch so", fuhr Hans de Groot nun fort. „Ich habe Zugang zu einigen Datenbanken, die nur wenige kennen – unter Umständen noch nicht einmal Ihre besten Computerexperten. Aber das nur mal so am Rande bemerkt."

Colonel Shelton und Major Kohlmann schauten sich ratlos an, gaben aber dann mit einem kurzen Nicken ihr Einverständnis, als Heller erklärte, eines seines Teammitglieder wäre Amerikaner und früher ein Mitglied der Navy SEALS gewesen.

„Bill Taylor ist ein Mann, der sich in solchen Situationen bewährt hat", fügte Heller hinzu und warf einen kurzen Blick auf seine Armbanduhr. „Die Maschine mit unseren restlichen Leuten dürfte in Kürze landen. Taylor wird sich bei Ihnen melden, am besten hier, oder?"

„Ja, von hier aus kann er dann gleich zur nächsten Schicht antreten. Uniform und Waffen werden für ihn bereitliegen. Er soll sich bitte bei mir persönlich melden, damit ich ihm noch einige Informationen geben kann. Ich sorge auch dafür, dass es keine Probleme mit den afghanischen Behörden gibt. Sie wissen ja, dass das Pul-e Chakri-Gefängnis offiziell unter der Leitung der afghanischen Regierung steht. Wir kooperieren lediglich in gewisser Hinsicht."

„Ich weiß", meinte Heller abschließend und schaute Pieringer, de Groot und Evelyn an. „Dann brauchen wir jetzt nur noch die Fahrzeuge und eine Auswahl an Handfeuerwaffen fürs Erste."

„Auch das ist vorbereitet und wird bereits in den vier Fahrzeugen verstaut, die wir für Sie bereitgestellt haben", sagte Major Kohlmann.

„Gut, dann lassen Sie uns einen Blick darauf werfen", meinte Heller und bemerkte den kritischen Blick des deutschen Majors. „Es ist keine Kritik, Major Kohlmann", fügte er deshalb rasch hinzu. „Wir kontrollieren immer alles persönlich, bevor der Einsatz beginnt."

Kohlmann sagte nichts dazu, aber der Blick, den er Colonel Shelton zuwarf, sprach Bände. Gemeinsam gingen sie alle zur nächsten Halle, in der tatsächlich vier Fahrzeuge bereitstanden. Ein Range Rover Geländewagen älteren Baujahrs mit einigen Rostflecken, zwei Nissan-PKW und ein Ford.

„Sie sind alle gut in Schuss", meinte Major Kohlmann. „Alles wurde noch heute früh gecheckt, bevor Sie hier ankamen. Motor, Reifen, Schaltung - alles funktioniert einwandfrei. Ein Neuwagen würde hier nur auffallen und vermutlich rasch über Nacht verschwinden. Die wenigen Rostflecken und Beulen sorgen eher für eine gewisse Normalität."

„In Ordnung", ergriff Evelyn Berg nun das Wort. „Welche Waffen stehen uns zur Verfügung?"

„Alles, was Sie benötigen", erwiderte Major Kohlmann und zeigte auf mehrere Kisten, die an der gegenüberliegenden Wand aufgestapelt waren „Schauen Sie bitte", fuhr der Major fort und öffnete eine der Kisten. „Jede Kiste enthält die gleiche

Anzahl von Waffen. Jeweils zwei Walther P1, sowie P 30 und P 8. Dazu jeweils die Schnellfeuerwaffe MP7A1 mit jeweils zwei Stück. Feuert 950 Schuss pro Minute und wiegt trotzdem nur 1,9 Kilogramm." Er zeigte auf zwei Pakete. „Hier drin befindet sich noch ausreichend Munition. Ich glaube, Sie sind damit besser ausgerüstet als so manche Privatarmee. Und bevor ich es vergesse: jeweils ein Maschinengewehr M2QCB und MG4 befinden sich noch dort drüben in den beiden länglichen Kisten. Solch schweres Gerät muss man ja nicht gleich hervorholen, oder?"

„Das ist schon mal eine gute Auswahl", meinte Evelyn. „Damit kann man schon etwas anfangen." Sie deutete Heller und den beiden anderen Teammitgliedern mit einem kurzen Blick an, dass die Sache für sie so in Ordnung war.

„Gut, dann sind wir uns ja einig", fügte Heller abschließend hinzu. „Die Pistolen nehmen wir gleich mit. Alles andere bleibt hier. Wir kommen es abholen, sobald unser Einsatzort bekannt ist. Jetzt ein Waffenarsenal im Kofferraum zu verstauen, ist mir zu risikoreich. Sobald die zweite Maschine gelandet ist und der Rest des Teams im Hotel eingetroffen ist, wird Bill Taylor zu Ihnen stoßen. Sorgen Sie dann bitte dafür, dass man ihn ins Gefängnis einschleust und dass er dort seinen normalen Dienst tut. Genau wie alle anderen Soldaten auch."

„Dann wünsche ich Ihnen viel Glück bei Ihrer Mission, Oberst Heller", sagte Colonel Shelton und verabschiedete sich zusammen mit Major Kohlmann von den drei Männern und der Frau, nachdem diese einige Handfeuerwaffen an sich genommen hatten.

„Evelyn und Hans", wandte sich Heller an die beiden. „Ihr nehmt die beiden Nissans und fahrt damit zum Park Star Hotel. Bleibt dort, bis die anderen eingetroffen sind, übergebt ihnen die Fahrzeuge und kommt dann zurück in unser Hotel. Leo und ich warten dort auf euch, und dann besprechen wir die weitere Vorgehensweise."

Weiterer Worte bedurfte es nicht. Jeder wusste, was er zu tun hatte. Die Kabul-Mission des *Kommando ZERO* hatte in diesem Augenblick begonnen

4. März 2021
Im Kabul Star Hotel
Mittags gegen 13:00 Uhr

David Heller blickte die anwesenden Mitglieder seines Teams an, bevor er das Wort ergriff. Sie hatten sich alle in der Suite versammelt, die er drei Tage lang gebucht hatte. Von dem Ultimatum, das die Taliban-Erpresser gesetzt hatten, war bereits der erste Tag verstrichen, und bis heute Abend mussten sie zumindest eine oder gar mehrere Spuren haben, die zum Ziel führten.

„Gut, dass ihr jetzt hier seid", sagte Heller zu seinen Leuten. „Ich fasse mich kurz. Bill, wenn unser Treffen hier vorbei ist, meldest du dich direkt bei Colonel Shelton auf der Militärbasis am Airport. Du wirst als Soldat der US-Army in Pul-e Chakri-Gefängnis eingeschleust, gewissermaßen als offizieller Beobachter. Jeder noch so geringe Hinweis hilft uns weiter. Hans hat bereits seinen Computer aktiviert und wird alle Daten sammeln, die ihr ihm übermittelt. Sylvie und Maria, ihr versucht über die Angestellten des Hotels irgendetwas über die Leute zu erfahren, die Julia Wendt entführt sein. Jemand muss etwas gesehen haben, auch wenn derjenige das vielleicht nicht für wichtig hält. Sobald ihr etwas wisst, gebt mir Meldung. Für die anderen gilt: haltet euch bereit. Es kann alles sehr schnell gehen. Und verlasst das Hotel nicht alle zum gleichen Zeitpunkt. Niemand soll auf den Gedanken kommen, dass wir ein Team sind. Verstanden?"

„Alles klar", sagte Bill Taylor. „Ich mache mich gleich auf den Weg zum Airport. Ich hoffe, ich kann bald die ersten Informationen liefern."

„Davon gehe ich aus, Bill", sagte Heller. „Du hast doch schon öfters als Undercover-Mann gearbeitet. Es gibt immer eine Spur, die zum Ziel führt. Man muss sie nur entdecken und richtig deuten." Während er das sagte, hatte sich Taylor auch schon erhoben und nickte den anderen Teammitgliedern noch einmal kurz zu, bevor er den Raum verließ.

„Wir haben alles besprochen", meinte Heller. „Ich setze mich jetzt mit dem deutschen Botschafter in Verbindung. Vielleicht hat er in der Zwischenzeit weitere Anweisungen erhalten."

Weiterer Worte bedurfte es nicht. Alle verließen den Raum wieder, während Heller bereits zu Hans de Groot schaute. Aber der signalisierte ihm nur mit einem kurzen Abwinken, dass er noch keine weiteren Details in Erfahrung gebracht hatte. Von entscheidender Bedeutung war deshalb, wann die Entführer wieder Kontakt mit dem Botschafter aufnehmen würden, um ihm zusätzliche Anweisungen zukommen zu lassen.

„Für die Tochter des Botschafters muss es ein Martyrium sein", sagte de Groot. „Hoffentlich steht sie das durch, und hoffentlich drehen die Entführer nicht durch, weil es ihnen nicht schnell genug geht."

„Das könnte passieren", fügte Heller mit einem sehr nachdenklichen Blick hinzu.

Kapitel 5

Unverhüllte Drohungen

4. März 2021
In der Deutschen Botschaft
Am frühen Nachmittag gegen 14:00 Uhr

Dieter Wendt zuckte zusammen, als sein Handy klingelte und er die Nummer seiner Tochter Julia auf dem Display erkannte. Seine Hand zitterte jetzt so sehr, dass er das Handy beinahe fallengelassen hätte.

„Es ist … es ist Julias Nummer", sagte er zu seiner Frau und blickte sie fragend an, weil er seit der Entführung seiner Tochter restlos überfordert mit dieser Situation war. „Was soll ich tun? Ich kann kaum noch einen klaren Gedanken fassen, weil …"

„Nimm das Gespräch endlich an, Dieter!", fiel ihm Maria Wendt ins Wort. „Nun mach schon! Begreifst du denn nicht, wie wichtig das ist?"

Der deutsche Botschafter nickte, aber er hatte Angst, weil er erkannt hatte, dass es ein WhatsApp-Videoanruf war. Und er fürchtete sich davor, Dinge zu sehen, die er vielleicht nicht ertragen konnte. Aber dann nahm er das Gespräch an, blickte auf das Display und sah das total verängstigte Gesicht seiner Tochter Julia. Sie schien geweint zu haben, denn ihre Augen waren gerötet. Die Wangen ebenfalls. Hatte man sie vielleicht erneut geschlagen? Oder vielleicht noch schlimmere Dinge mit ihr angestellt? Allein dieser Gedanke versetzte ihn fast in Panik.

Er holte tief Luft, nahm den Videoanruf an und blickte in das Gesicht eines Afghanen, den er nicht kannte.

„Der erste Tag ist fast verstrichen", sagte der Mann. „Wie weit sind Sie mit Ihren Vorbereitungen, Herr Botschafter?"

„Ich … ich bin damit zugange", antwortete Wendt mit gepresster Stimme. „Aber es geht nicht so schnell, wie Sie sich das vorgestellt haben. Meine Regierung stellt gerade die geforderte Summe zur Verfügung, und im Gefängnis weiß man ebenfalls, was Sie fordern. Ich bitte Sie noch um etwas Geduld, weil …"

„Ich glaube, dass Sie den Ernst der Situation immer noch nicht verstanden haben", unterbrach ihn die gefühllos klingende Stimme des Afghanen. „Vielleicht überzeugt Sie das hier!"

Die Kamera des Handys machte eine Drehung, und das Gesicht des Afghanen verschwand. Stattdessen erblickte der Botschafter nun seine Tochter, die auf einem Stuhl saß und gefesselt war. Ihr Kopf war gesenkt, und die Schultern zuckten. Dann trat ein anderer Afghane plötzlich hinter sie und riss Julias Kopf hoch, so dass sie gezwungen war, in die Handykamera zu schauen.

Wendt hörte seine Tochter wimmern. Sie sagte etwas, aber er konnte nicht genau verstehen, was das war.

„Julia!", rief er ganz entsetzt. „Sag doch was! Ist alles in Ordnung?"

„Ihre Tochter kann im Moment nicht reden, Herr Botschafter", ergriff stattdessen der Afghane das Wort, der zuerst zu sehen gewesen war. „Wir haben ihr ein Mittel verabreicht, damit sie nicht so viel spürt. Das ist besser so. Sie bekommen in der nächsten Stunde ein Lebenszeichen von ihr. Bis morgen Abend müssen unsere Glaubensbrüder frei sein, und bis dahin wollen wir auch das Geld haben. Sollten Sie bis morgen Mittag keine weitere Nachricht für uns haben, bekommen Sie ein weiteres Lebenszeichen von ihrer Tochter – und das ist dann noch deutlicher. Verstehen Sie?"

„Bitte lassen Sie mich mit Julia reden!", erwiderte der Botschafter mit flehender Stimme. „Ich will doch nur ..."

„Es ist alles gesagt!", fiel ihm der Afghane ins Wort. „Die Zeit läuft, und niemand kann die Uhr anhalten. Der erste Tag ist schon fast vorbei. Ich werde Sie morgen Mittag erneut anrufen, und dann will ich ein Resultat hören. Heute ist es nur eine Warnung, aber sie ist eindeutig."

Bevor der Botschafter darauf etwas erwidern konnte, war das Gespräch auch schon beendet, und er war noch ratloser, als es ohnehin schon der Fall war.

„Was ist jetzt?", riss ihn die Stimme seiner Frau aus den verzweifelten Gedanken. „Was hat das zu bedeuten?"

„Ich weiß es nicht", erwiderte er mit stockender Stimme. „Du hast doch selbst gehört, was der Mann gesagt hat. Wir bekommen in der nächsten Stunde ein Lebenszeichen von Julia. Bis dahin bleibt uns nichts anderes übrig als eben zu warten."

Maria Wendt kam nicht mehr dazu, etwas darauf zu erwidern, denn in diesem Moment kam Carsten Beck herein und blickte den Botschafter und seine Frau an.

„Draußen ist ein Mann namens David Heller", sagte er. „Er sagt, er müsse dringend mit Ihnen sprechen. Er kommt im Auftrag der Bundesregierung. Zumindest habe ich das so verstanden."

„Haben Sie ihn gründlich gecheckt?", wollte der Botschafter wissen. „Warum wissen wir nichts darüber? Mir ist nichts davon bekannt, dass man in Berlin jemanden losgeschickt hat, der ..." Er brach ab, dachte kurz nach und kam dann zu einer

Entscheidung. „Schicken Sie ihn rein“, meinte Wendt leicht gereizt. „Nun machen Sie schon!“

„In Ordnung“, versprach der Security-Mann und ließ sich nicht anmerken, dass der Botschafter ihn in diesem Moment sehr herablassend behandelte. Aber Beck war klar, dass Julias Eltern ohnehin mit den Nerven fertig waren. Deshalb tat er einfach, was sie angeordnet hatten und verließ den Raum wieder. Allerdings wunderte er sich schon darüber, dass der Mann namens David Heller so plötzlich auf der Bildfläche erschienen war. Und er war seltsamerweise mit einem Auto gekommen, das nicht zu einem Gesandten der Bundesregierung passte!

*

4. März 2021
Kabul - vor der deutschen Botschaft
Etwa zur gleichen Zeit

„Man hat uns schon bemerkt“, meinte Leo Pieringer, der am Steuer des Range Rover saß und dabei auf die Kamera deutete, die den Wagen genau im Fokus hatte und sich zu bewegen begann, als David Heller gerade aussteigen wollte.

„Damit war zu rechnen“, erwiderte Heller und stieg aus. „Aber bevor er die Tür hinter sich zuschlug, schaute er noch kurz zurück zu Pieringer. „Bleib hier in der Nähe und halte die Augen offen. Wenn du was bemerkst, dann ruf mich sofort an.“

„Geht klar“, versprach der Österreicher. „Das wird bestimmt kein angenehmes Gespräch mit dem Botschafter. Aber er sollte wenigstens wissen, dass wir nun da sind und unser Bestes geben.“

„Er muss nicht alles wissen, Leo“, sagte Heller. „Also dann bis später. Ich denke, länger als eine Stunde werde ich nicht brauchen.“

Mit diesen Worten verabschiedete er sich von Pieringer, trat zum Tor des Areals und lächelte in die Kamera, während er wartete, bis sich jemand meldete. Es vergingen nur wenige Sekunden, bis eine Stimme über die Sprechanlage zu hören war. Heller nannte seinen Namen und bat darum, mit dem Botschafter in einer persönlichen Angelegenheit zu sprechen.

„Sind Sie angemeldet?", fragte die Stimme.

„Hören Sie auf mit solchem diplomatischen Kleinkram", sagte Heller. „Ich komme im Auftrag der Bundesregierung, und wir haben keine Zeit zu verlieren. Muss ich noch deutlicher werden?"

„Einen Augenblick bitte", bekam Heller dann als Antwort. Nur wenige Sekunden später öffnete sich das Hauptportal des Botschaftsgebäudes, und ein Mann Ende Anfang Dreißig kam heraus. Dunkler Anzug, weißes Hemd und Krawatte. Kurze blonde Haare. Ein Security-Mann. Heller erkannte es sofort an der Art und Weise, wie der Blonde sich bewegte.

„Carsten Beck", stellte sich der Blonde dann vor. „Kommen Sie bitte mit, Herr Heller. Der Botschafter und seine Frau stehen beide unter großer Anspannung, wie Sie sich denken können."

Er ging einfach vor, ohne ein weiteres Wort zu verlieren und ging über eine geschwungene Treppe in die oberen Räumlichkeiten. Vor einer Tür auf der linken Seite blieb er stehen.

„Warten Sie bitte einen Moment", sagte er zu Heller und betrat dann den Raum. Heller hörte die nervöse Stimme eines Mannes und wartete geduldig ab. Dann kam Beck wieder heraus.

„Der Botschafter und seine Frau erwarten Sie, Herr Heller", sagte er und trat zur Seite.

„Danke", antwortete Heller und betrat den Raum. Hinter ihm schloss sich die Tür. Heller wusste, dass der Security-Mann nun vor der Tür stehengeblieben war und ihn auch wieder in Empfang nehmen würde, wenn das Gespräch mit dem Botschafter beendet war.

„Guten Tag, Herr Botschafter", sagte Heller und nannte noch einmal seinen Namen. „Ich bin gekommen, um Ihnen zu helfen. Die Bundesregierung hat dafür gesorgt, dass meine Mitarbeiter und ich unverzüglich über die Entführung Ihrer Tochter in Kenntnis gesetzt wurden. Bitte erzählen Sie mir alles, was Sie wissen. Jede Information ist hilfreich für mich."

„Sind Sie vom BND?", fragte die Frau des Botschafters. „Die Terroristen wollen nicht, dass sich offizielle Stellen hier einmischen und das Leben unserer Tochter gefährden, Herr Heller. Haben Sie die Zusage der Regierung, dass das Lösegeld freigegeben wird?"

„Frau Wendt, meine Leute und ich sind keine Mitglieder der Bundesregierung oder gar vom BND", sagte Heller. „Aber wir wurden gebeten, uns darum zu kümmern, dass Ihre Tochter so schnell wie möglich wieder freigelassen wird. Darum sind wir hier. Haben Sie schon Nachrichten von den Entführern bekommen?"

Wendt zögerte mit einer Antwort, und das sagte Heller genug.

„Sag es ihm, Dieter!", forderte ihn nun seine Frau auf. „Mir ist egal, welchen Rang Herr Heller hat und wer ihn genau hierhergeschickt hat. Hauptsache, wir bekommen unsere Tochter wieder zurück."

„Es … es gab einen WhatsApp-Videoanruf", rückte der Botschafter nun mit der Wahrheit heraus. „Ich habe zwei Gesichter der Entführer gesehen, aber meine Tochter nur ganz kurz."

„Was ist Ihnen sonst noch aufgefallen?", wollte Heller wissen. „Wie sah der Raum aus? Konnten Sie Stimmen oder andere Geräusche von draußen hören?"

„Was verlangen Sie eigentlich von mir?", ereiferte sich der Botschafter. „Glauben Sie wirklich in so einem Moment, dass ich auf solche Kleinigkeiten achte und möglicherweise protokolliere? Haben Sie selbst Kinder, Herr Heller?"

„Nein", antwortete dieser. „Aber diese Kleinigkeiten - wie Sie das nennen - können entscheidend sein, um herauszufinden, wo sich Ihre Tochter derzeit befindet und in welchem Radius wir nach ihr suchen müssen. Verstehen Sie das?"

„Ja, aber …"

„Wann kam dieser Anruf?", unterbrach ihn Heller.

„Vielleicht vor einer guten halben Stunde. Warum?"

„Was hat der Mann genau gesagt?", fragte Heller weiter.

„Er hat gesagt, dass wir in der nächsten Stunde ein Lebenszeichen von Julia bekommen sollen", berichtete der Botschafter. „Und er hat gesagt, dass er uns noch ein weiteres Lebenszeichen morgen zukommen lässt, das noch eindeutiger sein wird - nein, deutlicher hat er gesagt. Und morgen Abend sollen auch die Gefangenen freigelassen werden. Er will außerdem wissen, ob die geforderte Million Lösegeld bis dahin zur Verfügung stehen und …"

In diesem Moment vernahm Heller das Signal seines Handys. Er zog es aus der Tasche, warf einen Blick auf die Nummer und sah, dass Leo Pieringer ihn gerade anrief.

„Entschuldigen Sie bitte einen Moment", sagte er zu dem Botschafter und dessen Frau. „Dieses Gespräch muss ich annehmen. Es ist wichtig." Dann wandte er sich von Julias Eltern ab und senkte seine Stimme. „Ich höre, Leo. Was ist los?"

„Da kam gerade ein Motorrad älteren Baujahrs an der Botschaft dabei", berichtete Pieringer. „Zwei junge Männer. Einer von ihnen ist abgestiegen, hat schnell etwas über den Zaun geworfen und ist dann rasch wieder hinten aufgesessen. Ich fahre den Männern jetzt hinterher, David. Du musst nachschauen lassen, was der Mann über die Mauer geworfen hat."

„Das wird sofort veranlasst. Danke, Leo. Bleib dran und melde dich, wenn du mehr weißt. Aber pass auf, ja?"

„Natürlich", versprach Pieringer und beendete sofort wieder das Gespräch. In diesem Augenblick gingen Heller alle möglichen Gedanken durch den Kopf, und einige davon beunruhigten ihn sehr. Aber bevor er Dieter und Maria Wendt erklären konnte, warum er sich solche Sorgen machte, klopfte es an der Tür, und der Security-Mann kam wieder herein. In seiner Hand hielt er ein kleines quadratisches Päckchen.

„Das wurde gerade über die Mauer geworfen, Herr Botschafter", sagte Carsten Beck. „Es ist an Sie beide adressiert."

„Geben Sie her", verlangte Wendt, aber Heller trat jetzt dazwischen.

„Überlassen Sie mir das bitte", sagte er in einem Tonfall, der keinen Widerspruch duldete. „Und treten Sie bitte einige Schritte zurück. Sie ebenfalls!", verlangte er von Beck, dem es gar nicht passte, dass Heller jetzt die Regeln bestimmte. Aber Beck fügte sich diesen Anweisungen, weil er längst begriffen hatte, dass Heller eine Autorität besaß, gegen die er nicht ankam. Und er spürte ebenfalls die Anspannung, die jetzt im Raum hing.

„Glauben Sie, dass sich eine Sprengladung in diesem Paket befindet?", fragte Beck, der insgeheim bereits einige Szenarien durchspielte.

„Ich glaube gar nichts", antwortete Heller und öffnete ganz vorsichtig das kleine quadratische Päckchen, das an der unteren Seite einen dunkelroten Fleck aufwies. Heller hatte das sofort bemerkt und war jetzt noch besorgter. Aber noch sagte er nichts. Erst nachdem er das Päckchen geöffnet und einen Blick auf den makabren Inhalt geworfen hatte, wurde seine düstere Vermutung zur grausamen Gewissheit.

Er hörte Schritte hinter sich. Der Botschafter sah ebenfalls den Inhalt, wurde bleich im Gesicht und begann zu wanken. Seine Frau bemerkte das, kam nun auch näher und erkannte nun mit eigenen Augen, was ihn aus der Fassung gebracht hatte. In dem kleinen Päckchen lag ein Finger, und der Nagel war pink lackiert. In der gleichen Farbe, die Julia benutzte!

Maria Wendt fing an zu schreien, als ihr klar wurde, was das bedeutete. Ihr Schrei hörte sich entsetzlich an, und sie wäre zusammengebrochen, wenn Heller das nicht im letzten Moment verhindert hätte. Auch der Botschafter kam nun auf seine Frau zu und nahm sie in den Arm. In seinen Augenwinkeln zeichneten sich ebenfalls Tränen ab, und er schämte sich dessen nicht. Seine Frau schluchzte laut und konnte sich einfach nicht beruhigen. Wie wäre das auch möglich gewesen bei dem Gedanken, dass diese Unmenschen Julia womöglich noch mehr Leid zugefügt hatten.

„Das ist also das Lebenszeichen, von dem der Taliban-Mann gesprochen hat", murmelte Heller vor sich hin und dachte darüber nach, was der Entführer noch gesagt hatte. Dass es noch ein weiteres deutliches Zeichen geben würde, wenn bis morgen Mittag keine Resultate erreicht wurden. Da wusste Heller, dass ihm und seinem Team nur noch eine verhältnismäßig kurze Zeit zur Verfügung stand, um Julia Wendt retten zu können.

Er nahm den Zettel an sich, der unter dem eingewickelten Finger gelegen hatte und warf einen Blick darauf. Es standen fünf Namen auf dem Blatt, zusammen mit dem Hinweis in deutscher Sprache, dass diese Männer umgehend freizulassen waren, spätestens jedoch bis morgen Mittag.

„Und was unternehmen Sie jetzt?", richtete der Security-Mann nun das Wort an Heller, weil er sah, dass selbst ein Mann wie Heller einen Augenblick schockiert war über die Brutalität, die jetzt offen zutage getreten war. „Sie müssen doch etwas tun!"

Heller kam nicht dazu, etwas darauf zu erwidern, denn in diesem Moment hörte er wieder das Signal seines Handys. Es war Pieringer, der ihn anrief.

„David, ich habe das Motorrad mit den beiden Afghanen gesehen", vernahm er Pieringers aufgeregte Stimme. „Als ich sah, dass einer der beiden ein kleines Paket über die Mauer geworfen und dann mit dem anderen Mann rasch das Weite gesucht hat, war mir klar, dass da was nicht stimmt. Ich folge dem Motorrad gerade. Ich melde mich wieder, sobald ich mehr weiß."

„Sehr gut, Leo", antwortete Heller. „Bleib an den beiden dran. Wir sprechen uns später."

„Verstanden", sagte Pieringer. Er hatte schon herausgehört, dass Heller angespannt geklungen hatte. Er und Heller benötigten keine großen Worte, um im richtigen Moment rasch zu reagieren. Deshalb sagte Heller nur wenige Worte zu dem grausigen Inhalt des kleinen Päckchens. Nachdem Heller das Handy wieder eingesteckt hatte, atmete er noch einmal tief durch und wandte sich dann wieder dem Botschafter und seiner Frau zu.

„Hören Sie mir jetzt bitte gut zu", versuchte er so sachlich wie möglich zu bleiben. „Einer meiner Männer hat beobachtet, wie ein Motorrad mit zwei Afghanen kurz vor der Botschaft anhielt. Er folgt den beiden jetzt und wird mir Bescheid geben, wenn er mehr weiß."

„Sie riskieren das Leben unserer Tochter!“, rief der Botschafter. „Die Männer haben sehr deutlich gedroht, ihr noch Schlimmeres anzutun, wenn wir ihre Anweisungen nicht befolgen. Ist Ihnen das denn nicht klar? Ich werde mich beim Auswärtigen Amt persönlich über Sie beschweren und ...“

„Ich schreibe Ihre Wut Ihrem augenblicklichen Zustand zu, Herr Wendt“, sagte Heller. „Versuchen Sie zu verstehen, dass meine Leute und ich gerade eine Spur aufgenommen haben. Die erste Spur, die wir seit der Entführung überhaupt bekommen haben. Und das nur, weil wir in der Nähe waren. Ihnen dürfte wohl klar sein, dass wir unbedingt verhindern müssen, dass Ihre Tochter nochmals schwer misshandelt wird. Wenn sich die Entführer erneut melden, dann halten Sie sie hin, egal wie. Sagen Sie Ihnen, dass die Summe erst übermorgen gezahlt werden kann, aber dass die geforderte Freilassung der gefangenen Taliban-Kämpfer bis morgen Abend veranlasst wird. Das gibt mir und meinen Männern Zeit, und die brauchen wir ganz dringend.“

„Bringen Sie Julia nicht unnötig in Gefahr“, sagte Maria Wendt mit stockender Stimme. „Ich überlebe es nicht, wenn ihr noch einmal so etwas zustößt. Das ... das sind doch keine Menschen, die so etwas tun, Herr Heller.“

„Es sind Fanatiker, und denen ist jedes Mittel recht“, fügte Heller hinzu und wandte sich nochmals an den Botschafter. „Das hier lag mit im Päckchen. Auf diesem Blatt stehen fünf Namen, mit dem Hinweis, dass diese Männer bis morgen Abend freigelassen werden müssen. Von Ihrem richtigen Verhalten hängt nun sehr viel ab. Werden Sie tun, was ich Ihnen geraten habe?“

Zuerst nickte Wendt nur, aber dann kam schließlich ein leises „Ja“ über seine Lippen. Das musste reichen. Mehr konnte Heller jetzt nicht erwarten. Er nahm sein Handy, fotografierte die Namensliste und würde sie gleich an de Groot weiterleiten, damit der Niederländer unverzüglich mit einer Überprüfung beginnen konnte. Die Namen musste auch noch Bill Taylor erfahren, damit er informiert war, auf wen er ganz besonders im Gefängnis achten musste. Was die gefangenen Terroristen nicht wussten, war die Tatsache, dass Taylor zwar schwerpunktmäßig im Kampf gegen die mexikanische Drogenmafia von den Navy SEALS eingesetzt worden war, aber er hatte auch Grundkenntnisse der persischen Sprache, und das war natürlich ein großer Vorteil bei dieser Mission. Deshalb hatte ihn Heller auch ausgewählt, und diese Sprachkenntnisse hatten sich bis jetzt schon mehrmals als sehr hilfreich erweisen.

„Sie hören wieder von mir", sagte Heller abschließend. Er ging zur Tür, und der Security-Mann folgte ihm. Er sprach Heller aber erst an, als er sicher war, dass der Botschafter und seine Frau nichts von dem hören konnte, was er Heller jetzt sagen wollte.

„Ganz ehrlich - und unter uns jetzt", sagte er zu dem ehemaligen Oberst. „Hat Julia wirklich noch eine Chance?"

„Diese Hunde pokern um Geld und Macht", antwortete Heller. „Aber diesmal haben sie den Bogen schon im Ansatz überspannt. Sie haben die Frist um einen Tag verkürzt. Das zeigt mir, wie nervös sie sind. Ein solches Druckmittel jetzt schon einzusetzen, halte ich für viel zu früh. Das ist die Chance für meine Leute und mich."

„Von wie vielen Leuten reden Sie eigentlich?", wollte Beck wissen. „Sind Sie und Ihre Leute so etwas wie die GSG-9?"

„Ein Vergleich, der durchaus etwas für sich hat", antwortete Heller. „Diese verdammten Terroristen wissen nicht, dass wir jetzt in dieses Spiel um Geld und Macht eingreifen werden. Das tun wir immer, wenn man uns ruft. Und jetzt sind wir hier. Kümmern Sie sich in der Zwischenzeit um den Botschafter und seine Frau, wenn Sie wirklich helfen wollen."

Mehr sagte er nicht. Heller hatte es nun eilig, die Botschaft zu verlassen. Er musste die anderen Teammitglieder über die neue Lage informieren.

Kapitel 6

Spurensuche

4. März 2021
Kabul – nahe der Altstadt
Gegen 14:45 Uhr

Leo Pieringer hatte geistesgegenwärtig gehandelt, als er gesehen hatte, wie das Motorrad mit den zwei Männern vor der deutschen Botschaft kurz angehalten hatte. Das Päckchen über die Mauer werfen und dann rasch zu verschwinden, ließ nur einen Schluss zu: Die beiden Männer wollten nicht erkannt werden, und somit schien das geworfene Päckchen einen wichtigen Inhalt zu haben.

Der Österreicher hatte den Range Rover ein Stück entfernt von der Botschaft geparkt, aber als er im Rückspiegel die beiden Männer und ihre Aktion gesehen hatte, wusste er, was zu tun war. Er startete den Motor des Range Rover und gab sofort Gas, als das Motorrad mit den beiden Männern an ihm vorbeifuhr.

Er rief Heller an und schilderte ihm in kurzen Sätzen, was er soeben beobachtet hatte und dass er den Männern jetzt folgen wollte. Dann musste er sich wieder auf die Straße konzentrieren, und das war alles andere als einfach, sondern vielmehr eine Herausforderung. Pieringer wusste nicht viel über Kabul außer dem, was er in den Nachrichten und im Internet gesehen hatte. Aber ihm war klar, dass die Lage unübersichtlicher wurde, je weiter er sich der Altstadt näherte. Dort gab es unzählige verwinkelte Gassen, in denen es für Autos manchmal kaum ein Durchkommen gab, weil viele der Geschäfte ihre Waren teilweise auf der Straße feilboten und jede Menge Menschen zu Fuß unterwegs waren.

Pieringer versuchte sich zu orientieren, und das war gar nicht so einfach, denn die Straßen ähnelten sich sehr. Deshalb merkte er sich einige Besonderheiten am Straßenrand, wie beispielsweise einen Gemüsestand, der einem Mann gehörte, der Pieringers Urgroßvater hätte sein können. Der Mann war hager und hatte einen langen weißen Bart, der fast die halbe Brust bedeckte.

Unweit dieses Verkaufsstandes stoppte das Motorrad plötzlich, und der Mann, der das Paket über die Mauer der Botschaft geworfen hatte, sprach noch kurz mit dem Fahrer. Dann verabschiedete er sich und setzte seinen Weg zu Fuß fort, während der Mann, dem das Motorrad gehörte, nun ebenfalls abstieg. Er schien in einem der angrenzenden Häuser zu wohnen, wie Pieringer vermutete, und so war es auch. Nachdem der Afghane das Motorrad sicher abgestellt hatte, verschwand er in dem Haus direkt gegenüber.

Pieringer griff wieder nach dem Handy und fotografierte die Szenerie vor ihm. Anschließend schickte er seinen Standort an Heller, und der würde schon wissen, was dann zu tun war. Jetzt galt es aber erst einmal, am Ball zu bleiben und den anderen Afghanen nicht aus den Augen zu verlieren. Langsam fuhr Pieringer weiter, und er hatte Glück, denn die Straße, in die der Afghane nun abgebogen war, führte direkt zu einem Areal, wo einige Transportfahrzeuge, kleinere Lieferwagen und auch mehrere Autos abgestellt waren. Dieser Platz war das Ziel des Mannes, und nur wenige Augenblicke später erkannte Pieringer den Grund dafür. Dort stand der Wagen, mit dem der Mann hierhergekommen war, und in den stieg er jetzt ein.

Er schien absolut sicher zu sein, dass ihm niemand gefolgt war, dann er schaute sich kein einziges Mal um, ob er nicht doch beobachtet wurde. Stattdessen setzte er sich rasch ans Steuer, startete den Motor und fuhr vom Parkplatz.

Pieringer wartete geduldig einige Sekunden, bis er dem Wagen hinterherfuhr. Es war ein roter Nissan, der schon fast museumsreif wirkte. Der hintere rechte Kotflügel wies einige Beulen auf, und die Lackierung an großen Stellen der Karosserie hatte vielen Roststellen Platz gemacht.

Erneut griff Pieringer zum Handy. Heller meldete sich sofort, und seine Stimme klang ungeduldig.

„Wo bist du, Leo?"

„Die beiden haben sich getrennt, David", sagte Pieringer. „Der Motorradfahrer wohnt in dem Haus, das ich fotografiert habe. Mit den Standortdaten müsstet ihr es finden. Genau gegenüber ist ein Gemüsestand. Ich bleibe weiter an dem anderen Mann dran. Er ist gerade in ein Auto gestiegen, und ich folge ihm."

„Welche Richtung?", fragte Heller.

„Auf keinen Fall Stadtzentrum, so wie es jetzt aussieht", erwiderte Pieringer. „Der Mann fährt weiter in Richtung Nordosten stadtauswärts."

„Bleib dran, aber halte Abstand, Leo", wies ihn Heller nochmals darauf hin. „Riskiere nichts Unnötiges."

„Keine Sorge, ich weiß schon, was ich tue", antwortete Pieringer. „Hans kann doch bestimmt mein Handy orten, oder?"

„Er ist schon dran, Leo", erwiderte Heller. „Hat der andere Afghane dich wirklich nicht bemerkt?"

„Sieht nicht so aus", sagte Pieringer. „Noch ist Autoverkehr auf dieser Zubringerstraße. Das wird aber nicht lange so bleiben. Ich bleibe weiter dran. David, ich möchte wetten, dass der Afghane uns direkt zu der entführten Julia Wendt führen wird. Dann wissen wir genug, um eingreifen zu können."

„Du bist der geborene Optimist, Leo", meinte Heller. „Aber wir werden sehen, was passiert."

„Hauptsache, es passiert überhaupt etwas", fügte Pieringer hinzu. „Also dann bis später." Er beendete das Gespräch und folgte weiter der Straße in Richtung Nordosten. Allmählich ließ der Verkehr nach, und schon bald bog der rote Nissan bei der nächsten Ausfahrt ab. Er folgte jetzt einer wesentlich schmaleren Straße, die durch unübersichtliches Gelände führte.

Jetzt musste Pieringer aufpassen, denn Kabul lag schon knapp zehn Kilometer hinter ihm, und er wagte sich jetzt immer mehr in den Einflussbereich der Taliban hinein. Alles deutete darauf hin, dass Kabul bald von diesen Kämpfern angegriffen und sicherlich besetzt werden würde. Bis jetzt hatten die Amerikaner und die international beteiligten Truppen noch keine wirksame Handhabe gegen diese, zu allem entschlossenen Rebellen. Der jahrelange Kampf und die Verteidigung Afghanistans gegen diese radikalen Islamisten hatte jetzt eine entscheidende Phase erreicht, und wer halbwegs logisch denken konnte, der wusste, dass die Bevölkerung tief gespalten war. Viele Zivilisten unterstützten die Taliban bei ihren Bemühungen, das Land für immer zu verändern und in einen Gottesstaat zu verwandeln.

Dabei müsste doch jeder wissen, was passiert, wenn man solchen Extremisten das Ruder überlässt, dachte Pieringer, während er weiter dem roten Nissan folgte. *Am Anfang haben die Menschen auch Khomeini zugejubelt, als er aus seinem Exil in Frankreich wieder in den Iran zurückkehrte. Und danach begann dann eine ebenso grausame Herrschaft des Terrors, die nicht viel anders war als zu den Zeiten, als der Schah noch im Iran geherrscht hatte. Aber das ist so lange her, und noch immer haben die Menschen nichts daraus gelernt. Es wird nicht besser werden …*

Seine Gedanken kehrten wieder rasch in die Wirklichkeit zurück, als die Straße immer holpriger wurde und Schlaglöcher aufwies. Deswegen musste er das Tempo drosseln, weil der Zustand der Albtraum für jeden Stoßdämpfer eines Fahrzeuges war.

Pieringer bremste auf einmal ab, als er sah, dass die holprige Straße genau auf einen kleinen Ort zuführte, aber das war es nicht, was ihm Kopfzerbrechen bereitete. Es war vielmehr eine Gruppe von vier bewaffneten Afghanen, die an dieser Stelle einen Kontrollpunkt errichtet hatten und nun den roten Nissan stoppten.

Er konnte erkennen, wie einer der vier Posten mit vorgehaltener Waffe zur Fahrerseite des Nissan ging, während die anderen ihre Waffen ebenfalls hochgenommen hatten, um jede Gefahr oder Bedrohung sofort im Keim zu ersticken. Aber diese Kontrolle dauerte nur wenige Augenblicke. Man schien den Afghanen am Steuer zu erkennen und ließ ihn dann passieren. Und für Leo Pieringer bedeutete dies, dass es hier für ihn kein Weiterkommen gab!

Aber immerhin wusste er eines: Derjenige, der das Päckchen über die Mauer geworfen hatte, schien hier zu leben. Es wäre nicht die erste waghalsige Aktion für das *Kommando ZERO* gewesen, und Pieringer ahnte, dass die nächste schon unmittelbar bevorstand.

Zum Glück hatten die Kontrollposten den Range Rover und Pieringer nicht bemerkt, denn er hatte an einer Stelle angehalten, wo die Straße von einigen Felsen gesäumt wurde und die höher lag als der Kontrollposten weiter unten. Deshalb wendete er den Range Rover ganz vorsichtig und fuhr wieder zurück in Richtung Kabul.

Er hörte das Signal seines Handys.

„Wir haben deine Position geortet, Leo“, hörte er David Heller sagen. „Was hast du an Infos?“

Pieringer berichtete, was er gesehen hatte, und Heller ließ ihn ausreden. Dann ergriff er aber wieder das Wort.

„Darum kümmern wir uns noch“, meinte er. „Maria, Ben, Sylvie und Marcel sind schon unterwegs zu dem Haus in der Altstadt. Derjenige, der das Motorrad gefahren hat, wird uns bestimmt eine sehr interessante Geschichte zu erzählen haben. Darauf würde ich jede Wette eingehen.“

„Der Kerl weiß bestimmt auch, wo genau sich sein Kumpan in diesem Dorf aufhält, David“, sagte Pieringer. „Und das wird er auch ausplaudern. Ich glaube, dass Ben da sehr überzeugend sein kann. Was ist mit Bill? Ist er schon im Gefängnis?
“

„Ich erwarte bald seine Nachricht“, erwiderte Heller. „Komm jetzt erstmal zurück. Wenn du hier bist, gibt es vielleicht schon weitere Neuigkeiten.“

„Ich beeile mich“, versprach ihm Pieringer und atmete auf, als er endlich die holprige Straße hinter sich gelassen und den Zubringer nach Kabul erreicht hatte. Aber insgeheim wünschte er sich, auch bei der Aktion dabei zu sein, die Marcel, Sylvie, Patrick, Ben und Maria noch vor sich hatten.

*

4. März 2021
An einem abgelegenen Ort 20 Kilometer nordöstlich von Kabul
Zur gleichen Zeit gegen 14:45 Uhr

Julia Wendt fühlte den dumpfen Schmerz an ihrer linken Hand. Sie hatte eine Spritze bekommen, und die Wunde war auch notdürftig verbunden worden, aber trotzdem war es eine unbeschreibliche Tortur gewesen, was man mit ihr gemacht hatte. Noch niemals in ihrem Leben hatte sie solche Schmerzen ertragen müssen. Ganz zu schweigen von der absoluten Demütigung, der sie ausgesetzt war. Und der Mann, für den sie einmal etwas empfunden hatte, hatte tatenlos zugesehen, was seine Kumpane mit ihr gemacht hatten. Mit vor der Brust verschränkten Armen und mit mitleidlosen Blicken hatte er zugesehen, wie zwei seiner Kumpane Julia gepackt hatten und der dritte ganz langsam einen scharfen Dolch unter seiner Jacke hervorgezogen hatte. Alles andere war dann so schnell vonstattengegangen, dass sie erst begriffen hatte, was mit ihr geschah, nachdem schon alles vorbei war und einer von Abed Amiris Gesinnungsgenossen den kleinen Finger von ihrer linken Hand abgetrennt hatte.

Abed hatte immer noch nichts gesagt, sondern einfach nur den blutigen Finger genommen, ihn in ein Tuch gewickelt und mitgenommen, nachdem er mit seinen Kumpanen gesprochen hatte. Zu diesem Zeitpunkt hatte aber schon das Schmerzmittel eingesetzt, und Julia war halb bewusstlos gewesen, als Abed ihre Eltern angerufen hatte. Das, was er mit ihnen vereinbart hatte, hatte sie nur beiläufig mitbekommen, dann war sie in einen tiefen dunklen Schacht gefallen und erst vor kurzem wieder aufgewacht.

Man hatte ihr etwas zu essen und zu trinken gebracht, aber Julia hatte nichts zu sich nehmen können. Sie fühlte sich elend und dreckig dazu, aber das schien keinen ihrer Entführer zu interessieren. Trotz ihres geschwächten Zustandes registrierte sie die gierigen Blicke eines Mannes, den Abed mit Babak angesprochen hatte. Die Art und Weise, wie er sie anschaute, war so eindeutig, dass Julia zu ahnen begann, dass die ganze Sache noch ein schlimmes Ende nehmen würde, wenn Abed seinen Kumpanen nicht Einhalt gebot. Noch hielten sie sich zurück, aber wie lange das noch so sein würde, das wusste sie nicht.

Hier in diesem feuchten und halbdunklen Kellerloch hatte sie mittlerweile das Zeitgefühl verloren. Sie wusste nur, dass sie sich nicht mehr in Kabul befand und stattdessen irgendwo draußen auf dem Land festgehalten wurde. Einmal hatte sie versucht, laut um Hilfe zu schreien - in der Hoffnung, dass sich irgendjemand erbarmte. Aber stattdessen war Abed Amiri zu ihr gekommen und hatte sie mehrmals geohrfeigt, unter Androhung von weiteren und größeren Schmerzen, wenn sie nicht den Mund hielt. Er hatte sie dabei angesehen wie ein Raubtier, das sein Opfer bereits in der Falle hatte und nur noch auf den richtigen Moment wartete, um es dann zu töten.

Ihre verzweifelten Gedanken überschlugen sich förmlich, weil sie völlig allein war und keine Hilfe von außerhalb kommen würde. Ihre Eltern wussten nicht, wo sie sich aufhielt, und somit war Julia Abed Amiri und dessen Kumpanen auf Gedeih und Verderb ausgeliefert.

Dann hörte sie plötzlich laute Stimmen draußen auf dem Gang. Sekunden später machte sich jemand an der Verriegelung der Tür zu schaffen, und sie wurde geöffnet. Das düstere Zwielicht machte auf einmal dem hellen Lichtkegel einer Taschenlampe Platz. Julia schloss im ersten Moment automatisch die Augen, weil sie sich geblendet fühlte. Das hatte ein raues Gelächter der Männer zur Folge, die jetzt den Raum betraten und Julia anschauten.

Abed Amiri hatte einen seiner Kumpane dabei, er hieß Asadi, wenn sie sich richtig erinnerte. Aber die anderen beiden Männer kannte sie nicht. Sie spürte jedoch, dass von ihnen eine Aura ausging, die Julia zu äußerster Vorsicht mahnte. Der eine von beiden war groß und schlank. Ein dichter schwarzer Vollbart umrahmte ein Gesicht, dessen Augen sich jetzt schon fast hypnotisch auf Julia richteten. Er trug einen grauen Turban auf dem Kopf, ebenso wie sein Begleiter, der auch einen Vollbart hatte, der allerdings etwas struppiger und ungepflegter wirkte.

Der große Mann richtete das Wort an Julia, aber sie verstand nicht, was er sagte, sondern schüttelte nur stumm den Kopf. Dann sagte der Mann etwas zu Abed Amiri, und der lachte nur kurz, bevor er einige Sätze sagte und sich dann erst an Julia wandte.

„Das ist Hamid Karimi, und der Mann neben ihm ist Amar Sharifi. Sie führen die Gotteskrieger an, die den Einmarsch auf Kabul vorbereiten. Schau mich nicht so erschrocken an, ungläubige Hure. Der Tag, an dem wir euch alle aus dem Land jagen, ist sehr nahe."

„Ich habe mit eurem Krieg nichts zu tun, Abed", erwiderte Julia mit zitternder Stimme. „Ich wollte Kabul doch ohnehin verlassen ... mit dir. Hast du das vergessen?"

Der Afghane lachte und sagte anschließend etwas zu Hamid Karimi, und der stimmte ebenfalls in das Gelächter mit ein. Was er dann zu Amiri sagte und anschließend für Julia übersetzte, war eindeutig.

„Mit dem Lösegeld, das wir bekommen, wird unser Krieg ein rasches Ende finden, und unsere Brüder werden aus dem Gefängnis der verfluchten Amerikaner endlich freikommen. Sie werden zusammen mit uns kämpfen und euch Ungläubige in die Hölle schicken, wenn ihr nicht freiwillig geht. Wir sind zu allem entschlossen. Bete zu deinem Gott, dass deine Eltern genau das Richtige tun, sonst wirst du das hier nicht überleben!"

Er wartete nicht darauf, ob Julia darauf etwas zu erwidern hatte, sondern wandte sich wieder ab und setzte sein Gespräch mit dem bärtigen Afghanen fort. Hamid Karimi lächelte und legte die rechte Hand auf Abed Amiris Schulter. Diese Geste und seinen Blick deutete Juli so, dass er Amiri für diese Entführung dankte, weil das den Taliban weitere Chancen ermöglichte. Amiri lächelte zufrieden, weil ihm dies das Vertrauen und die Unterstützung des Anführers sicherte. Und was Julia anging: was zwischen ihnen beiden gewesen war, existierte für ihn nicht mehr. Es war ohnehin nur alles gespielt gewesen, und Julia war in ihrer Verliebtheit darauf hereingefallen!

Julia konnte nur mutmaßen, über das die Männer genau sprachen. Aber die stechenden Blicke Karimis galten vor allen Dingen Julia, und sein Lachen hatte jetzt einen verächtlichen Ton angenommen. Dann verließ er mit Sharifi den Raum, und

Abed Amiri war der Letzte, den Julia noch sah, bevor sich die Tür des Kellers wieder hinter ihr schloss. Dann war sie wieder allein. Am liebsten hätte sie gleich wieder geweint, aber was nutzte das jetzt noch? Sie war den Launen dieser Verbrecher auf Gedeih und Verderb ausgeliefert!

Ihre Gedanken kehrten dann aber rasch in die Wirklichkeit zurück, als sie jenseits der verschlossenen Tür wieder Stimmen hörte, die recht hitzig klangen. Dann wurde die Tür wieder geöffnet, und Abed Amiri trat mit den beiden anderen Taliban-Kämpfern wieder ein. Sein Blick richtete sich auf Julia.

„Du wirst mit Hamid und Amar gehen", ordnete er in einem Tonfall an, der keinen Widerspruch duldete. „Wir bringen dich jetzt in unseren Stützpunkt weiter oben in den Bergen. Dort wirst du bleiben, bis unsere Brüder freigelassen worden sind und das Lösegeld übergeben wurde. Tu das, was man dir sagt und gehorche jedem Befehl. Sonst wird es schlimm für dich!"

Er übersetzte den beiden Taliban-Kämpfern das, was er gerade zu Julia gesagt hatte, und das Grinsen im Gesicht des bärtigen Mannes verstärkte sich noch um ein Vielfaches. Er schien große Genugtuung über Julias Hilflosigkeit zu empfinden.

Dann verloren die beiden Afghanen keine unnötigen Worte mehr. Sie packten Julia an beiden Armen und rissen sie hoch. Julia schrie leise auf, weil der harte Zugriff ihr wehtat. Aber darauf nahmen die beiden Männer keinerlei Rücksicht, sondern zwangen sie, mit hinauszukommen. Dort stand bereits ein in die Jahre gekommener Humvee, ein High Mobility Multipurpose Wheeled Vehicle. Dabei handelte es sich um ein geländegängiges Fahrzeug, das als Nachfolger des M151 für die US-amerikanische Armee entwickelt wurde und seit 1985 von dem US-amerikanischen Hersteller AM General in verschiedenen Versionen produziert wurde.

Abed Amiri bemerkte Julias erstaunten Blick.

„Das haben wir den verfluchten Amerikanern abgenommen", sagte er voller Stolz. „Wir haben auch noch andere Fahrzeuge. Unser Feind wird sich noch wundern, zu was wir in der Lage sind. Aber wenn sie es begreifen, ist es schon zu spät."

Dann musste Julia in den Wagen steigen und genau zwischen Hamid Karimi und Amar Sharifi Platz nehmen. Sie wagte kaum zu atmen angesichts der körperlichen Nähe der beiden Männer. Ein dritter Mann startete den Motor, und dann setzte sich das Geländefahrzeug mit einem satten Brummen in Bewegung. Abed Amiri blieb in dem Dorf zurück, und Julia fühlte sich so verloren wie noch niemals zuvor in ihrem Leben.

*

4. März 2021
Kabul – im Pul-e Chakri-Gefängnis
Am Nachmittag gegen 15:30 Uhr

Bill Taylor spürte die neugierigen und teilweise sehr misstrauischen Blicke der afghanischen Sicherheitskräfte, als der ehemalige Navy SEAL das Gefängnistor passiert und die damit einhergehenden Kontrollen über sich ergehen hatte lassen. Colonel Shelton hatte rasch reagiert und ein offizielles Dokument für Bill Taylor ausgestellt, dass seine Präsenz als Beobachter der US-Army von der Regierung in Kabul abgesegnet worden war.

Wie es der Colonel geschafft hatte, in so kurzer Zeit alles zu regeln, wusste Taylor nicht, aber er war froh darüber, dadurch etwas Zeit gewonnen zu haben. Außerdem legte sich das Misstrauen der afghanischen Wächter ein wenig, als er einige der Männer in ihrer Landessprache begrüßte und sich dafür bedankte, dass er diese Gelegenheit bekommen hatte. Schließlich ziehe man doch an einem Strang, wenn es gegen die Taliban ging, hatte er den Leuten versichert, und das hörte man nur allzu gern.

Geduldig führte man ihn durch das Gefängnis, bis er schließlich den Trakt erreichte, in dem sich die gefährlichsten der mehr als zweihundert Gefangenen befanden.

„Sie würden uns mit Vergnügen alle sofort töten", sagte Casim Khayad, einer der afghanischen Wärter, zu ihm. Man hatte ihn gebeten hatte, sich um Taylor zu kümmern und dafür zu sorgen, dass er alles erfuhr, was er wissen wollte. „In deren Augen arbeiten wir mit dem Feind zusammen, und das bedeutet nach Ansicht der Taliban das Todesurteil."

„Ihr dürft euch von denen nicht einschüchtern lassen", meinte Taylor. „Das ist es, was sie erreichen wollen. So lange sie hier festsitzen, haben sie keine Chance und ..."

In diesem Augenblick hörte er das Signal seines Handys. Er holte es aus der Tasche und warf einen Blick darauf. Es war eine Nachricht von David Heller und mit einem Foto. Er schaute sich das Foto an, das ein Blatt Papier mit fünf Namen zeigte.

„Kennen Sie diese Namen?", fragte Taylor den Afghanen und zeigte ihm das Foto. Der blickte auf einmal sehr erschrocken drein und hatte Mühe, nach außen hin weiter gelassen zu bleiben.

„Ja", sagte er schließlich. „Fahim Ahmad und Baran Gulab sind seit knapp drei Wochen hier. Die anderen kenne ich nicht. Die beiden aber schon. Sie sind gefährlich und haben mir schon persönlich gesagt, dass sie mir die Kehle durchschneiden, sobald die Taliban in Kabul einmarschiert sind. Dann kommt die große Abrechnung. Dafür beten sie alle hier. Es sind Fanatiker, die jeden Ungläubigen aus dem Land haben wollen. Und wenn diese nicht schnell genug verschwinden, dann wird ein großes Massaker beginnen – alles für den Sieg der Taliban."

„Was ist mit Ihnen, Casim?", wollte Taylor wissen. „Wie sehen Sie das? Sie sind doch auch Muslim, oder?"

„Ja, das bin ich", entgegnete der Wärter. „Aber der Islam ist friedlich, so legen ihn jedenfalls die meisten von uns aus. Die Taliban wollen das Land unterdrücken und verändern. Meine Frau und ihre Schwestern haben Angst vor ihnen, und ich kann das gut verstehen."

„Sie denken, es könnte in Afghanistan so werden wie damals im Iran, als Khomeini die Macht übernahm?"

„Schlimmer!", stieß Casim Khayad mit gepresster Stimme hervor. „Es heißt, es gäbe schon Todeslisten, auf denen die Namen all derer stehen, die gegen die Taliban sind. Und dazu gehöre ich auch, denn ich bewache diejenigen, die sich für die Heilsbringer unseres Volkes halten. Verstehen Sie mich nicht falsch, was ich jetzt sage, Taylor. Es ist wichtig, dass uns internationale Truppen geholfen haben, unser Land zu retten und die Taliban nach Norden zu verjagen. Aber sie werden wiederkommen, sehr bald sogar. Einige der ausländischen Soldaten haben ihre Anzahl schon verringert und sind abgezogen worden. Das wissen die Taliban, und jetzt bereiten Sie den Sturm auf die Hauptstadt vor. Es ist nur noch eine Frage der Zeit."

Was hätte Bill Taylor darauf noch erwidern sollen? Er wusste selbst, wie angespannt die Lage seit den Attentaten in Kabul war. Die Ruhe in der Hauptstadt war nur oberflächlich und ziemlich trügerisch. Es konnte jederzeit wieder offene Gewalt ausbrechen, und diesen Fanatikern war es völlig egal, ob sie selbst dabei draufgingen, wenn sie eine terroristische Aktion mitten im belebten Kabul starteten.

„Bringen Sie mich zu den beiden Taliban, deren Namen Ihnen bekannt sind, Casim", bat Taylor den Afghanen. „Ich muss mir ein Bild machen, bevor ich weitere Entscheidungen treffe."

„Wie ich schon sagte, die beiden sind gefährlich", wiederholte Khayad nochmals seine Aussage. „Sobald sie frei sein, werden sie alles tun, um sich an jedem zu rächen, der daran beteiligt war, dass beide in diesem Gefängnis gelandet sind. Manchmal frage ich mich, ob Allah die gerechten Muslime in unserem Land vergessen hat."

Was hätte Taylor darauf erwidern sollen? Er zuckte nur mit den Schultern und folgte dem afghanischen Wärter dann in den betreffenden Trakt. Hier drin herrschte ein stickiger Geruch nach menschlichen Exkrementen und Ausdünstungen anderer Art. Taylor kannte solche Gefängnisse zur Genüge und wusste, dass man im Bagram-Gefängnis einige Taliban mit Gewalt dazu gezwungen hatte, ihre Taten zu gestehen. Waterboarding und andere Foltern waren an der Tagesordnung gewesen, und durch diese Methoden hatten sich die Amerikaner alles andere als normal den Gefangenen gegenüber verhalten. Aber man hatte wohl geglaubt, das sei die einzige Methode, um schneller an Geständnisse zu kommen. Der Schuss war jedoch nach hinten losgegangen und hatte für mehr Aufmerksamkeit gesorgt als gewisse Armeekreise sich das gewünscht hatten. Deshalb hatte man notgedrungen zurückrudern müssen. Sonst hätten die Folterungen weiter stattgefunden.

„Die vorletzte Zelle rechts ist es", sagte Casim Khayad zu Bill Taylor.

„Sind die beiden Taliban allein dort, oder befinden sich noch andere Gefangene in der Zelle mit ihnen?"

„Heute Morgen jedenfalls noch nicht", lautete Khayads Antwort. „Aber am frühen Mittag wurden weitere Gefangene von den Amerikanern zu uns gebracht. Es könnte also sein, dass ..." Er hielt einen Augenblick inne. „Ich habe meine Schicht erst später angetreten, verstehen Sie?"

„Das soll auch kein Vorwurf gewesen sein", fügte Taylor rasch hinzu. „Tun Sie jetzt so, als würden Sie den üblichen Kontrollgang durchführen. Ich halte mich im Hintergrund und beobachte, wie sich die Männer verhalten."

„Gut", sagte der afghanische Wärter und ging weiter voran, bis er die betreffende Zelle erreicht hatte. Ruhig musterte die in der Zelle hockenden Männer. Tatsächlich waren es nicht nur die beiden Gefangenen, sondern es befand sich noch ein weiterer Mann bei ihnen. Er hatte einen schwarzen Vollbart, genau wie seine Zellengenossen, und in seinen Augen blitzte es tückisch auf, als er den Wärter vor dem Gitter sah.

„Was willst du?", versuchte er ihn zu provozieren. „Geh weg, solange du noch kannst. Bald werden wir die Wärter sein, und ihr werdet in diesen Zellen ausharren müssen, bis eure Hinrichtung stattfindet!"

Khayad musste bei diesen Worten schlucken, aber noch hatte er sich unter Kontrolle, weil er wusste, dass Angst und Unsicherheit den Taliban nur einen weiteren Triumph verschafften.

„Hast du einen Leibwächter mitgebracht, weil du dich sonst nicht in unsere Nähe traust, du Hund?", richtete einer der anderen Gefangenen nun das Wort an ihn. Er war groß, kräftig, und in seinem schwarzen Vollbart zeichneten sich schon deutliche graue Stellen ab. Daraus schloss Taylor, dass dieser Taliban-Kämpfer der Älteste in der Zelle war.

„Warte, bis wir frei sind", meinte der dritte Gefangene. „Wir werden dich und deine Familie finden, du Kollaborateur. Und dann werden wir über dich richten! Allah ist auf unserer Seite. Ihr werdet sterben – und Kabul wird endlich wieder frei sein. Frei für die Menschen wahren Glaubens!"

Taylor erkannte sofort, dass man mit diesen Männern nicht mehr vernünftig reden konnte. Sie waren nicht mehr zugänglich für ein vernünftiges Gespräch, sondern fuhren einfach fort mit ihren Beschimpfungen und Beleidigungen. Der Ex Navy-Seal konnte sich gut vorstellen, was passieren würde, wenn man diese Männer freiließ und ihnen dann Waffen gab. Sie würden sofort um sich schießen und ihren Hass auf alle – ihrer Meinung nach Ungläubigen damit weiterzuverbreiten. Es war zwecklos, mit diesen Männern zu reden.

Taylor gab Khayad ein Zeichen, mitzukommen. Er hatte gesehen, was er sehen wollte, und jetzt musste David Heller davon erfahren. Das machte die weitere Vorgehensweise nicht einfacher.

Kapitel 7

Der entscheidende Hinweis

4. März 2021
In der Altstadt von Kabul
Etwa zur gleichen Zeit gegen 15:20 Uhr

Patrick Johnson sah so aus, als sei er die Ruhe selbst. Er saß am Steuer des ersten Nissan, und Ben Cutler fuhr mit ihm. Im zweiten Wagen, der knapp einhundert Meter dahinter folgte, befanden sich Marcel Becaud, Sylvie Durand und Maria Hernandez.

„Da vorn musst du rechts abbiegen“, instruierte Ben Cutler seinen Kameraden. Dann müssten wir gleich da sein. Am besten halten wir jetzt schon Ausschau nach einem Parkplatz.“

„Und zwar dort, wo keiner mitbekommt, was wir vorhaben“, erwiderte der ehemalige englische MI 5-Offizier. „Wir wollen in der Altstadt schließlich kein Chaos auslösen. Unruhe oder zu viele neugierige Gaffer brauchen wir ganz sicher nicht. “

Mit diesen Worten bog er nach rechts in die Straße ein und bremste dann ab, als er eine Parkmöglichkeit sah.

„Das passt sehr gut“, meinte Ben Cutler. „Von hier aus ist es nicht mehr weit. Da vorn sind schon einige Marktstände, und wenn ich mich nicht irre, dann ist dort auch der Gemüsestand, von dem Leo gesprochen hat.“

„Gut, dann legen wir jetzt los“, meinte Johnson und vergewisserte sich mit einem kurzen Blick in den Rückspiegel, dass nun auch der zweite Wagen den Anfang der Straße erreicht hatte und dort ebenfalls zum Stehen kam. Ab jetzt begann das Spiel. Die drei Männer und die beiden Frauen mussten sich ganz normal unter die Menschen mischen und so tun, als seien sie hier, um Lebensmittel zu kaufen. Je unauffälliger sie sich benahmen, umso besser war es für das geplante Vorhaben.

„Bleibst du hier draußen und passt auf, dass wir keinen Ärger bekommen?“, fragte der schwarze, ehemalige NSA-Agent. „Ich denke, das bekomme ich allein hin. „Maria kommt noch mit, damit es so aussieht, als wenn wir einen freundschaftlichen Besuch vorhaben. Sylvie und Marcel werden in der Zwischenzeit am Gemüsestand ein paar Einkäufe tätigen. Mit etwas Glück geht die Aktion in knapp zehn Minuten über die Bühne.“

„Das will ich hoffen“, meinte Johnson und sah zu, wie Ben Cutler ausstieg. Er besaß die Figur eines Bodybuilders, hatte aber für den heutigen Umsatz eher etwas weitere Kleidung gewählt, damit nicht beim ersten Hinsehen auffiel, dass er sehr sportlich und durchtrainiert wirkte.

Wenn ihn jetzt jemand beobachtet hatte und eventuell misstrauisch wurde, dann erlosch dieses Misstrauen wieder, als

Maria Hernandez aus dem zweiten Wagen ausstieg und zu ihm kam. Sie ging an seiner Seite ganz langsam an den Marktständen entlang, schaute sich die einen oder anderen Waren etwas genauer an, ging dann aber doch weiter. Marcel und Sylvie taten das Gleiche. Sie blieben direkt am Gemüsestand stehen und ließen sich mit dem alten weißbärtigen Afghanen auf ein Verkaufsgespräch ein. Was nichts anderes bedeutete, als dass nun gefeilscht wurde. Da weder Marcel noch Sylvie die afghanische Sprache beherrschten, versuchten sie auf ihre Weise, mit dem Händler klarzukommen. Hauptsache, sie fielen nicht auf, sondern benahmen sich genauso wie die anderen Menschen, die hierhergekommen waren, und Lebensmittel zu kaufen. Und da gehörte Feilschen einfach mit dazu.

Ben Cutler und Maria Hernandez gingen einfach weiter zu dem Haus, in dem sich laut Angaben von Leo Pieringer der Afghane befinden sollte, dem das Motorrad gehörte. Natürlich hatten Ben und die anderen Teammitglieder längst Leos Fotos auf ihre Handys übermittelt bekommen, und demzufolge wussten Ben und Maria auch, wie der Mann aussah, den sie beide jetzt gleich aufsuchen würden.

Das Motorrad stand im Schatten eines überhängenden Daches, also schien der Besitzer auch noch da zu sein. Ben schaute sich noch ein letztes Mal um, bevor er direkt auf das Haus zuging. Maria folgte ihm.

Im Auto saß Patrick Johnson und rauchte genüsslich eine Zigarette. Er signalisierte mit dem Daumen der linken Hand, dass er alles im Blickfeld hatte und die Lage noch völlig entspannt war. Auch Marcel und Sylvie hatten ihre Einkäufe jetzt beendet und näherten sich ebenfalls dem betreffenden Haus, vor dem das Motorrad stand. Aber nur so weit, dass es nicht den Anschein hatte, als wenn die beiden zu Ben und Maria gehörten.

„Bringen wir es hinter uns“, sagte Ben schließlich, trat einen Schritt zur Seite und ließ die Mexikanerin vorangehen. Die wenigen Treppenstufen nach oben zur Tür legten beide innerhalb weniger Sekunden zurück. Dann klopfte Maria gegen die Tür und wartete ab, was nun geschah. Wer Maria kannte, der wusste, dass sie innerhalb von Sekundenbruchteilen rasch reagieren und kämpfen konnte. Schließlich war sie als Bodyguard für einem mexikanischen Drogenboss tätig gewesen und hatte ihren ehemaligen Boss unter Einsatz ihres Lebens beschützen müssen. Wie gefährlich das war, hatte sie schon mehrmals erleben müssen, und mit ihren siebenundzwanzig Jahren blickte sie bereits auf eine bewegte Vergangenheit zurück, zu der die Ausübung von Gewalt ein täglicher Bestandteil gewesen war. Sie hatte gelernt, sich unter Männern durchzusetzen und unter Beweis zu stellen, dass sie in der Lage war, solch einen riskanten Job auszuüben.

Schritte erklangen auf der anderen Seite der Tür. Dann öffnete jemand, und Maria blickte in das bärtige Gesicht des Mannes, dem das Motorrad gehörte und den Leo Pieringer fotografiert hatte. Im ersten Augenblick blickte er ziemlich überrascht drein, als er Maria vor sich stehen und zögerte ein paar Sekunden. Diese verhältnismäßig kurze Zeitspanne reichte für Maria aus. Sie trat urplötzlich nach vorn und schlug dem Afghanen mit der geballten Faust gegen den Hals.

Der Mann riss die Augen auf, geriet ins Taumeln, und Maria setzte nach. Ein zweiter Schlag ließ den Afghanen in die Knie gehen. Sofort setzte Maria nach, warf sich auf ihn und drückte ihm die Kehle zu. Sie kannte die richtigen Stellen und war erleichtert, als der Mann bewusstlos wurde. Ben kam ebenfalls rasch ins Haus und sah, dass Maria alles unter Kontrolle hatte. Er schaute sich kurz in der Wohnung um und schaute dann durch ein Fenster, das die Straße auf der Rückseite des Hauses zeigte. Diese Straße war zwar etwas enger, aber dafür war hier gar niemand zu sehen. Eine Chance, die man unbedingt nutzen musste.

„Was hast du vor, Ben?", hörte er Marias Stimme hinter sich, während er die Treppe sah, die in den Keller führte.

„Nach einer Möglichkeit suchen, damit wir hier schnell verschwinden können, ohne dass jemand bemerkt, was hier passiert ist, Maria", entgegnete er. „ich bin gleich wieder da."

Mit diesen Worten lief er nach unten und entdeckte dann eine Tür, die von dort aus zur rückwärtigen Straße führte. Genau danach hatte er gesucht, und jetzt war er erleichtert darüber. Dann holte er das Handy aus der Tasche und wählte Patricks Nummer.

„Alles nach Plan", sagte er zu Johnson. „Komm mit dem Auto zur Rückseite des Hauses und sag Marcel und Sylvie Bescheid. Es muss schnell gehen."

„Verstanden", hörte er Johnsons Stimme. „Ich bin gleich da."

Ben steckte sein Handy wieder ein und eilte nach oben.

„Überlass ihn mir", sagte er zu der Mexikanerin. „Geh vor und pass weiterhin auf, ja?" Während er das sagte, hatte er sich auch schon gebückt, den bewusstlosen Afghanen gepackt und trug ihn nun auf den Händen nach unten. Der Mann war von schmaler Statur und wog schätzungsweise nicht mehr als siebzig Kilo. Kein Problem für einen Mann wie Ben Cutler!

Maria hatte als erste das untere Ende der Treppe erreicht, öffnete die Hintertür und riskierte einen vorsichtigen Blick ins Freie. In diesem Augenblick kam der Wagen mit Patrick Johnson um die Ecke und stoppte direkt vor dem Haus. Jetzt mussten sie sich beeilen.

Maria ging vor, öffnete die hintere rechte Tür und nahm dann selbst auf dem Rücksitz Platz. Währenddessen verfrachtete der Schwarze den bewusstlosen Afghanen im Kofferraum, schlug die Klappe zu und setzte sich dann neben Johnson und nickte ihm zu.

„Marcel und Sylvie wissen schon Bescheid", sagte Johnson zu den beiden. „Sie fahren auch gleich los. Wir sollen zur Air Base kommen. David, Hans, Evelyn und Leo erwarten uns dort schon. Bill ist auch schon auf dem Weg vom Gefängnis zur Basis. Ich glaube, das wird jetzt sehr interessant, diesem Kerl ein paar Fragen zu stellen."

„Und die sollte er in seinem eigenen Interesse beantworten", meinte Maria Hernandez, während Johnson auch schon Gas gab und losfuhr. Wenige Augenblicke später hatte der Wagen auch schon wieder eine breitere Straße erreicht. Auch Marcel Becaud und Sylvie Durand saßen bereits im Wagen und befanden sich mittlerweile hinter ihnen.

„Die ganze Sache hätte auch schiefgehen können", meinte Johnson zu Ben Cutler. „Ich habe mich sehr beobachtet gefühlt, während ihr im Haus wart. Es gab schon den einen oder anderen Passanten, der mich argwöhnisch gemustert hat."

„Reden wir nicht weiter darüber", meinte Ben und wies mit dem Daumen der rechten Hand hinter sich zum Kofferraum, in dem der bewusstlose Afghane lag. „Der Kerl wird uns alles verraten, was er weiß. Und sobald wir wissen, wo sich die entführte Tochter des deutschen Botschafters befindet, werden wir sie da rausholen. Am besten noch heute Nacht."

„Du tust ja so, als wenn du schon wüsstest, wo wir genau suchen sollen", fügte Johnson hinzu.

„Ich würde darauf wetten, dass sie sich in dem Dorf befindet, das Leo entdeckt hat", erwiderte Ben Cutler. „Wollen wir wetten?"

„Du weißt doch, dass ich niemals wette", entgegnete Johnson.

*

4. März 2021
Auf der Air Base am Hamid Karzai International Airport
Kurz vor 17:00 Uhr

„Diese Taliban-Rebellen sind unberechenbar", sagte Bill Taylor. „Wenn die auf freiem Fuß sind, wird es weitere Attentate geben. Das ist so sicher wie das Amen in der Kirche, David. Wir dürfen das niemals zulassen."

„Deshalb ist es umso wichtiger, dass du den Afghanen zum Sprechen bringst, Bill", sagte David heller. „Wir müssen herausfinden, wo sich die Geisel befindet, und nach allem, was wir bis jetzt an Fakten haben, könnte er das wissen."

Er blickte dabei in die Runde zu Leo Pieringer, Evelyn Berg und Hans de Groot, die diese Meinung ebenfalls teilten. Deshalb hatten sie sich sofort nach Patrick Johnsons Anruf auf den Weg zur Air-Base gemacht, und Heller hatte Colonel Shelton und Major Kohlmann bereits über die aktuellen Entwicklungen in Kenntnis gesetzt. Jetzt befanden sie sich zusammen mit den beiden Offizieren auf der Air Base im Besprechungsraum und warteten auf die anderen Teammitglieder, denn die nächsten Stunden mussten jetzt geplant werden. Oder besser gesagt: Der Einsatz für die kommende Nacht musste exakt und im Detail vorbereitet werden.

„Können Sie mir auf der Karte zeigen, wo sich dieses Dorf befindet, zu dem Sie gefahren sind?", fragte Major Kohlmann den Ex-Legionär.

„Natürlich", erwiderte Pieringer. Er wusste, dass der deutsche Offizier ihm gegenüber mit Vorurteilen behaftet war, denn selbst ehemalige Mitglieder der Fremdenlegion waren für Major Kohlmann Männer, denen man eigentlich nicht trauen durfte, weil sie ihr Leben für Geld aufs Spiel setzten. Aber das interessierte den Österreicher nicht. Stattdessen ging er jetzt auf einem Tisch, auf dem der Major eine Karte ausgebreitet hatte und Pieringer mit einer stummen Geste aufforderte, ihm weitere Details zu nennen.

„Hier", sagte Pieringer und zeigte auf eine bestimmte Stelle. „Genau hier muss es sein."

Colonel Shelton kam jetzt ebenfalls zu dem Tisch und runzelte die Stirn, als er sah, auf welche Stelle Pieringer gezeigt hatte.

„Sind Sie sicher?", fragte er. „Das Dorf, das sich dort befindet, galt bisher als friedlich."

„So friedlich, dass man Kontrollposten aufstellt, die nur diejenigen passieren lassen, die die richtige Gesinnung haben?", fragte Pieringer etwas provokant und bemerkte, dass es in den Augen des amerikanischen Offiziers nervös aufflackerte. „Wann waren Ihre Soldaten zuletzt dort, Colonel?"

„Vor ungefähr vier Wochen", erwiderte Shelton. „Hören Sie, das Dorf galt bisher als völlig unbedenklich. Da gibt es ganz andere Orte, die wir fast täglich kontrollieren müssen, um sicherzugehen, dass ..."

„Schon gut", winkte Pieringer ab. „Das soll auch kein Vorwurf sein, Colonel. Aber die Taliban kämpfen vermutlich nicht nach normalen Maßstäben."

Eigentlich hatte er noch mehr sagen wollen, aber er sah, dass Heller das Signal seines Handys bemerkt hatte und dann kurz nickte.

„Sehr gut, Patrick", sagte er. „Ihr seid am Tor, oder?" Johnson schien das bestätigt zu haben, denn Heller wandte sich jetzt an Colonel Shelton und Major Kohlmann, nachdem er Johnson gebeten hatte, noch kurz zu warten. „Wir brauchen einen Raum, in dem wir ungestört eine Befragung durchführen können. Und mit *ungestört* meine ich wirklich einen Raum, wo niemand sehen und hören kann, was dort stattfindet."

„Ich nehme an, Sie haben einen guten Grund dafür?", fragte Major Kohlmann und sah, wie Heller nickte. Er schaute kurz zu dem Colonel, und der gab auch sofort eine passende Antwort,

„Den sollen Sie bekommen", meinte der Colonel. „Ich werde das sofort veranlassen. Ich informiere die Posten, dass Ihre Leute durchgelassen werden können. Einen Augenblick bitte."

Er brauchte nur wenige Augenblicke, um die entsprechenden Anweisungen zu geben und schaute dann zu Heller. „Kommen Sie mit. Ihre Leute sind auch schon dorthin unterwegs."

*

Der Raum, nach dem Heller gefragt hatte, befand sich im Kellerbereich einer Lagerhalle. Colonel Shelton und Major Kohlmann hatten zugesehen, wie die beiden Fahrzeuge in die Halle gefahren kamen. Leo Pieringer ging sofort zum Tor und schloss es wieder, damit jetzt wirklich niemand hereinkam und dann mitbekam, was hier geschah.

Ben Cutler war als erster zum Kofferraum gegangen, hatte ihn geöffnet und den immer noch bewusstlosen Afghanen herausgeholt. Er brachte ihn über die Treppe nach unten in den besagten Raum, der leer war bis auf einige leere Kisten, alte Metallstangen und drei Tische mit Stühlen. Auf einen dieser Stühle setzte Ben den Afghanen, während Johnson ihm half, den Bewusstlosen an Händen und Füßen zu fesseln.

„Sie müssen das nicht mitansehen, wenn Sie nicht wollen", sagte Heller zu den beiden Offizieren. „Es mag schlimmer aussehen als es ist. Wir wollen diesem Kerl nur ein bisschen Angst einjagen."

„Tun Sie das, was getan werden muss", sagte Colonel Shelton schließlich, weil seine Soldaten im Bagram-Gefängnis alles andere als zimperlich mit den Taliban-Kämpfern umgegangen waren. Auch Major Kohlmann gab mit einem zustimmenden Nicken sein Einverständnis.

„Gut, dann bist du jetzt an der Reihe, Bill", sagte Heller zu dem Texaner. „Mach es ein bisschen theatralisch. Der Kerl soll ruhig glauben, dass wir ihn uns nach allen Regeln der Kunst vorknöpfen."

„Dazu muss er aber erst einmal wach sein", meinte Taylor daraufhin und entdeckte an der gegenüberliegenden Wand ein Wasserbecken, unter dem noch ein Eimer stand. Ben Cutler begriff als erster, worauf sein Kamerad hinauswollte, ging zu dem Becken, drehte den Hahn auf und ließ den Eimer volllaufen. Nicht weit von dem Eimer entfernt lag noch ein Tuch, das ursprünglich einmal weiß gewesen war, aber jetzt einen starken Grauschimmer hatte und an einer Seite noch rostrote Flecken aufwies. Was den Schluss zuließ, dass dieser Raum schon einmal benutzt worden war, um möglichen Verdächtigen oder gefangenen Taliban-Mitgliedern mit Gewalt ein Geständnis zu entlocken.

„Weck ihn auf, Ben", sagte Taylor. „Dann fangen wir an."

„Mit dem größten Vergnügen", erwiderte dieser, hob den Eimer und schüttete dem Afghanen das Wasser ins Gesicht. Dieser erwachte von einer Sekunde zur anderen, schluckte einen Teil des Wassers und musste husten, während er die Augen öffnete und im ersten Moment gar nicht begriff, wo er sich befand. Dann sah er den Schwarzen und dessen Begleiterin, die in sein Haus eingedrungen waren und ihn außer Gefecht gesetzt hatten. Die anderen Männer und Frauen, die in einem großen Halbkreis vor ihm standen, kannte er nicht.

„Ich werde dir jetzt einige Fragen stellen", sprach ihn Taylor auf Persisch an. „Du solltest besser die Wahrheit sagen, wenn du dir unnötige Schmerzen ersparen willst. Wie heißt du, und wie heißt vor allem der Mann, den du mit deinem Motorrad zur deutschen Botschaft gefahren hast?"

Der Afghane zuckte zusammen, als er hörte, was Taylor ihn gefragt hatte. In seinen Augen begann es nervös zu flackern, aber noch schwieg er.

„Ben", sagte Taylor. „Wir brauchen einen weiteren Eimer mit Wasser."

Cutler tat, worum ihn Taylor gebeten hatte und kehrte mit einem gefüllten Eimer wieder zurück. Er stellte ihn direkt neben dem Stuhl ab, auf dem der gefesselte Afghane saß und hielt das graue Tuch bereits in der Hand. Er ließ auch keinen Zweifel daran, dass er es gleich benutzen würde.

„Dein Name!", forderte ihn Bill Taylor nochmals auf. „Hast du immer noch nicht verstanden?"

„Jawad", erwiderte dieser mit gepresster Stimme. „Was wollt ihr von mir? Ich habe nichts getan und ..."

„Für Lügen haben wir keine Zeit!", fiel ihm Taylor in einem Tonfall ins Wort, der sehr eindeutig war. „Wie heißt der Mann, den du gefahren hast? Wir haben alles gesehen. Es nutzt nichts, zu schweigen. Verstehst du das?"

„Babak", murmelte der Gefesselte schließlich. „Babak Hashimi."

„Ah, es geht doch", meinte Taylor mit einem zufriedenen Grinsen, das jedoch seine Augen nicht erreichte. „Und weiter? Wo wohnt er, und wer sind seine Freunde?"

Der Afghane namens Jawad zögerte noch mit einer Antwort. Ben Cutler fasste das als Zeichen auf, den nächsten Schritt einzuleiten. Er legte dem Afghanen das graue Tuch aufs Gesicht, hob den Wassereimer und goss etwas davon auf das Gesicht des Mannes. Der hustete, bemühte sich, das nasse Tuch abzuschütteln, aber Taylor hielt ihn fest.

„Ich höre", sagte er dann zu ihm, nachdem er das Tuch abgenommen hatte und dem Gefangenen die Möglichkeit gab, einmal durchatmen zu können. „Oder sollen wir weitermachen?" Er schaute dabei auffordernd zu Ben Cutler, und der stand schon bereit.

Das gab den Ausschlag. Der Afghane hatte große Angst vor weiteren Foltern, und das brachte ihn schließlich dazu, zu kooperieren. Mit stockender Stimme redete er und erzählte Bill Taylor alles, was dieser wissen wollte. Taylor unterbrach ihn nicht und hörte weiterhin geduldig zu, obwohl ihm natürlich nicht entgangen war, dass die beiden Offiziere und die anderen Teammitglieder nun schon sehr ungeduldig dreinblickten. Sie konnten es kaum abwarten, alle Einzelheiten zu hören.

„Julia Wendt wird in diesem Dorf gefangen gehalten", erzählte Taylor, was er gerade erfahren hatte. „Die Entführer heißen Abed Amiri, Asadi Sadat und Dalir Karimi. Abed Amiri ist derjenige, der auf die Tochter des Botschafters angesetzt war. Er hat sie in die Falle gelockt. Babak ist ein Cousin von Jawad hier. Er hat Jawad um Hilfe gebeten, und das hat er gemacht. Aber er schwört bei Allah und allen anderen Propheten des Koran, dass er mit der Entführung nichts zu tun hat."

„Das kann jeder behaupten", ergriff nun David Heller das Wort. „Frag ihn, wie viele Taliban-Kämpfer im Dorf sind und ob er genau weiß, in welchem Haus sich die Geisel befindet."

Taylor nickte und übersetzte das, was Heller gerade gesagt hatte. Gleichzeitig nahm Ben Cutler das nasse Tuch und machte Anstalten, es dem Gefesselten wieder aufs Gesicht zu legen. Das elektrisierte den Afghanen förmlich, alles zu sagen, was er wusste. Seine Stimme klang gepresst, während er zu Ben Cutler und dem Wassereimer schaute und das Schlimmste befürchtete. Er hatte höllische Angst vor erneutem Waterboarding, und deshalb redete er jetzt wie ein Buch.

Bill Taylor unterbrach ihn nicht, hörte sich alles geduldig an und informierte dann Heller und seine Kameraden.

„Julia Wendt befindet sich Im Haus seines Cousins Babak. Aber das ist nur eine Zwischenlösung. Sein Cousin hat angeblich behauptet, dass die Geisel noch heute zu einem Stützpunkt der Taliban weiter oben in den Bergen gebracht werden soll. Dort soll das Lösegeld übergeben werden. Und auch die freizulassenden Taliban-Kämpfer sollen zu diesem Stützpunkt gebracht werden."

„Wo ist das genau?", fragte Heller. „Weiß er das?"

Taylor schaute zu dem verängstigen Afghanen und fragte ihn das, was Heller hatte wissen wollen. Die Antwort dauerte etwas zu lange, deshalb ging Ben Cutler auf ihn zu, legte das nasse Tuch über das Gesicht und goss etwas Wasser nach. Nur ein wenig, aber das reichte aus, um den Afghanen schreien zu lassen.

Ben brach sofort wieder ab, nahm das Tuch weg und sah, dass der Afghane jetzt am ganzen Körper zitterte. Zwischen seinen Beinen hatte sich ein nasser Fleck gebildet, der einen strengen Geruch verströmte. Er hatte sich selbst beschmutzt, weil die Angst alles andere überlagert hatte.

„Er sagt, er war mit seinem Cousin schon einmal in den Bergen. Daher kennt er den Stützpunkt. Er ist bereit, uns die genaue Lage zu sagen, wenn wir schwören, ihn am Leben zu lassen."

„Binde ihn los, Bill", sagte Heller nach kurzem Überlegen. „Er soll uns auf der Karte zeigen, wo sich dieser Taliban-Stützpunkt genau befindet. Frag ihn, ob er eine Karte lesen kann."

Taylor tat das, und Jawad nickte. Daraufhin löste Ben Cutler die Fesseln des Afghanen und winkte ihn herüber zu dem Tisch, auf dem die Karte ausgebreitet war. Jawad schaute sich die Markierungen genau an und zeigte dann auf eine bestimmte Stelle nordöstlich von der Stelle, wo sich das Heimatdorf seines Cousins befand. Dabei sagte er etwas zu Taylor, und dieser stellte gleich nochmals eine Frage.

„Er rechnet mit ungefähr fünfzig Kämpfern, die sich dort auf Dauer aufhalten", sagte Taylor zu den anderen Anwesenden. „Aber er ist sich nicht ganz sicher, weil er nur einmal dort war. Jawad schwört noch einmal, dass er nicht zu den Taliban gehört. Er hat lediglich seinem Cousin geholfen, aber er wusste nicht, was sich in dem Paket gefunden hat. Er hat ohnehin kein leichtes Leben, weil sein Cousin sich sehr verändert hat, meint er. Babak hat schon einige junge Männer aus dem Dorf überreden können, sich den Taliban anzuschließen. Er selbst befürchtet bald auch Schwierigkeiten, wenn er diese Entscheidung zu lange herauszögert."

„Colonel Shelton, Major Kohlmann“, wandte sich Heller nun an die beiden Offiziere. „Sie kennen das beschriebene Gelände am besten, wo sich angeblich der Taliban-Stützpunkt befinden soll. Wie ist Ihre Meinung dazu?“

„Es ist schwieriges Gelände“, ergriff der Amerikaner zuerst das Wort. „Ein Direktangriff mit einer größeren Truppe wird nur schwer durchführbar sein. Diese Terroristen haben sich dort gut verschanzt, planen von dort ihre Angriffe und ziehen sich dann rasch wieder in ihre Bastion zurück.“

„Und dort befindet sich die Tochter des Botschafters?“ Major Kohlmann schien noch Zweifel an der Aussage des Afghanen zu haben und schaute abweisend zu dem Mann. „Wie zum Teufel sollen wir die da rausholen?“

„Das übernehmen wir, Major“, entschied Heller nach kurzem Überlegen. „Wir brauchen eine Drohne, die das Gelände vorab erkunden muss. Was können Sie zur Verfügung stellen? “

„Die Heron 1“, kam die prompte Antwort des Offiziers. „Sie liefert noch in einer Höhe von 10 Kilometern exakte Aufnahmen und kann bis zu 27 Stunden in der Luft bleiben.“

„Instruieren Sie mich in die Technik“, meldete sich Hans de Groot zu Wort. „Kann ich den Flug über mein Laptop verfolgen und die Ergebnisse gleich auswerten?“

„Gar kein Problem“, versicherte ihm Major Kohlmann. „Meine Leute werden Ihnen alles zeigen, was Sie wissen müssen. Was haben sie denn genau geplant?“ Diese Frage war an David Heller gerichtet.

„Morgen Mittag soll die Freilassung der fünf Taliban-Kämpfer zusammen mit der Übergabe des Lösegeldes erfolgen“, fasste Heller noch einmal zusammen. „Wir haben somit nur noch diese Nacht zur Verfügung, um eine Rettungsaktion zu starten. Sie sagten, dass die Drohne bis zu 27 Stunden in der Luft bleiben kann, Major?“ Er sah, wie dieser dies mit einem kurzen Nicken bestätigte und fuhr dann fort. „Gut, diese Zeitspanne dürfte ausreichen. Hans, du lässt dir alles zeigen, was du wissen musst, und dann beginnen wir mit der Umsetzung. Major, welche Stelle halten Sie für geeignet, um mich und meine Leute unbemerkt mit zwei Hubschraubern in der Nähe der Bastion abzusetzen?"

„Sie wollen das allein durchziehen?", fragte Major Kohlmann. „Wissen Sie, welches Risiko Sie da eingehen?"

„Deswegen hat man uns gerufen, Major", antwortete Heller. „Wenn ich richtig informiert bin, sind in Ihrer Truppe Sikorsky CH 53-Hubschrauber im Einsatz?"

„Ja, sogar in der GS-Variante", sagte Major Kohlmann. „Wann wollen Sie starten?"

„Sobald es dunkel geworden ist", antwortete Heller. „Setzen Sie uns einfach dort ab und warten Sie auf unsere Nachricht. Dann müssen die beiden Hubschrauber wieder zu Stelle sein, und zwar so schnell wie möglich. Lassen Sie uns die Waffen und Munition an Bord bringen, und dann bleibt uns nicht mehr viel Zeit zur Durchführung. Hans", sagte er zu dem Niederländer. „Von deinem Laptop und den Drohnenbildern hängt jetzt sehr viel ab. Du bist derjenige, der uns vorgibt, worauf wir achten müssen."

„Das wäre nicht das erste Mal", antwortete de Groot.

Weiterer Worte bedurfte es nicht. Der gefangene Afghane wurde aus dem Raum gebracht und den Soldaten von Colonel Shelton übergeben. Man würde ihn erst einmal hier auf der Basis festhalten und später entscheiden, was mit ihm geschah. Jetzt standen erst einmal andere Dinge im Mittelpunkt.

Kapitel 8

Der Angriff auf die Taliban-Bastion

4. März 2021
20 Kilometer nordöstlich von Kabul
Gegen 21:00 Uhr

Hans de Groot blickte sehr konzentriert auf die Bildschirmoberfläche seines Laptops. Die Experten in der Kommandozentrale auf der Militärbasis hatten nicht zu viel versprochen, als sie ihm nicht nur den Zugang zum Intranet der Bundeswehr vermittelt, sondern auch dafür gesorgt hatten, dass die Bilder, die die Drohne Heron 1 an die Basis übermittelte, innerhalb von Sekunden auch auf dem Bildschirm des Laptops zu sehen waren.

Vor einer knappen halben Stunde waren die beiden Sikorsky-Hubschrauber CH 53-GS von der Militärbasis gestartet. In Kabul war es längst Abend geworden, und die Lichter der Stadt blieben allmählich hinter den beiden Transport-Hubschraubern zurück. Jetzt folgten sie dem Kurs, den die Drohne eingeschlagen hatte und der von der Militärbasis nach den übermittelten Aufnahmen gelenkt wurde.

Im ersten Hubschrauber befanden sich außer David Heller, Leo Pieringer und Hans de Groot auch noch Evelyn Berg, Patrick Johnson sowie zwei Piloten der Bundeswehr, die den Spezialhubschrauber steuerten. Sie hatten Heller versichert, dass sie solche Einsätze regelmäßig flogen und rechtzeitig reagieren konnten, falls die beiden Hubschrauber geortet werden sollten. Aber nach den vorliegenden Erkenntnissen besaßen die Taliban keine technischen Gerätschaften außer Autos, diversen Transportfahrzeugen, Motorrädern, Funkgeräten und verschiedenen Waffensystemen. Zu Beginn hatte man noch die Taliban-Kämpfer als *Motorrad-Armee* bezeichnet, aber das hatte sich mittlerweile geändert. Man wusste um die Gefährlichkeit dieser zu allem entschlossenen Fanatiker, die selbst große Risiken eingingen, um die fremden Soldaten aus ihrer Heimat zu vertreiben und selbst die Herrschaft über Afghanistan zu erlangen. Ein gutes Beispiel dafür waren die Selbstmordattentäter, die keine einzige Sekunde gezögert hatten, ihr eigenes Leben zu opfern, wenn sich dadurch weitere Angst und Schrecken verbreiteten.

Der zweite Hubschrauber hatte außer zwei Bundeswehr-Piloten noch Marcel Becaud, Sylvie Durand, Bill Taylor, Maria Hernandez und Ben Cutler an Bord. Die Piloten richteten sich nach dem Kurs, den der erste Sikorsky CH 53-GS einschlug und standen ohnehin in permanentem Funkkontakt mit ihrem Kameraden im vorausfliegenden Hubschrauber.

Hans de Groot blickte immer noch in einer Mischung aus Faszination und großer Neugier auf die Bilder, die die Drohne Heron 1 lieferte. Sie flog in so großer Höhe, dass die Taliban nichts davon mitbekommen würden. Aber die Geräusche sich nähernder Hubschrauber waren eine andere Sache. Deshalb hatte Heller den beiden Piloten die Anweisung gegeben, in einer Distanz von zwei Kilometern zu landen und ihn und die anderen Teammitglieder aussteigen zu lassen. Sie sollten sich dann zur Verfügung halten und rasch reagieren, wenn es die Situation erforderte.

Langsam setzte der Hubschrauber auf dem Boden auf, aber nur so lange, bis Heller und seine Leute ausgestiegen waren und die Waffen an sich genommen hatten. Leo Pieringer hatte auch einige Handgranaten dabei, die er bedenkenlos einsetzen würde, wenn es die Situation erforderlich machte.

Mittlerweile war auch der zweite Hubschrauber gelandet, und die restlichen Teammitglieder vom *Kommando ZERO* stiegen rasch aus. Sie trugen alle Tarnanzüge und Helme sowie Nachtsichtbrillen vom Typ Bonie-M. Diese Verstärkerbrille war nur wenige hundert Gramm leicht und konnte problemlos am Gefechtshelm befestigt werden. Die Brillen funktionierten auf dem Prinzip eines Restlichtverstärkers und ermöglichten es den Soldaten, ein grünschwarzes Bild der Umgebung deutlich zu erkennen.

Nachdem alle Teammitglieder die Hubschrauber verlassen hatten, gab de Groots Laptop die Richtung vor, die die Männer und Frauen jetzt einschlagen mussten. Sie folgten einem steinigen Pfad, der durch ihre Nachtsichtbrillen gut erkennbar war. Ansonsten hätten sie ziemliche Schwierigkeiten gehabt, sich in dieser rauen und zerklüfteten Felslandschaft zu orientieren.

Keiner verlor ein Wort. David Heller ging voran, gefolgt von Leo Pieringer und Hans de Groot, der in gewissen Abständen immer wieder die Nachtsichtbrille abnahm und dann einen kurzen Blick auf die Bildschirmoberfläche seines Laptops warf. Die Richtung stimmte immer noch, und die Bilder, die die Drohne jetzt lieferte, wurden immer klarer und deutlicher.

Wahrscheinlich flog die Drohne jetzt etwas tiefer, um noch präzisere Ergebnisse zu liefern.

„Wie weit ist es noch, Hans?“, fragte Heller.

„Höchstens noch einen knappen Kilometer“, erwiderte de Groot, nachdem er die Daten noch einmal kurz gecheckt hatte. „In einer guten Viertelstunde müssten wir eigentlich unser Zeil erreicht haben.“

„Die Taliban haben bestimmt Wächter an einigen Stellen postiert“, meinte Pieringer. „Wir müssen uns vorsehen. Wenn die uns entdecken, fliegt unser Plan auf.“

„Keine Sorge“, versicherte ihm der Niederländer, der erneut einige Einstellungen auf seinem Computer veränderte und nun weitere Details erkennen konnte. „Diese sogenannte Festung, von der der Afghane gesprochen hat, sind nichts anderes als Ruinen. Vielleicht ein alter, längst aufgegebener Tempel oder eine Moschee. Ich habe nicht die geringste Ahnung. Aber jetzt ist es eben eine Bastion der Taliban. Weiter nördlich ist das Gelände unübersichtlich und vermutlich auch schwer zugänglich. Es wäre natürlich ideal, sich von dort an den Stützpunkt der Taliban heranzuschleichen, aber so wie es aussieht, kommen wir dort nur langsam voran, und die Landungsmöglichkeiten für die beiden Hubschrauber sind alles andere als optimal.“

„Und was willst du damit sagen?“, fragte Patrick Johnson, der keine langen Diskussionen mochte, sondern lieber schnell Zahlen, Daten und Fakten hören wollte.

„Wir sollten uns in zwei Gruppen aufteilen“, schlug de Groot schließlich vor. „Die eine sorgt für ein wenig Ablenkung, während der Rest die Geisel lokalisiert und befreit.“

„Wir gehen gemeinsam vor“, lehnte Heller diesen Vorschlag ab. „Umso schlagkräftiger sind wir dann auch. Was ist mit den Wachposten?“, fragte Heller weiter, der sich mit diesen Informationen noch nicht zufriedengeben wollte.

„Höchstwahrscheinlich an dieser Stelle“, erwiderte de Groot und grinste, als das Kontrollzentrum im selben Moment neue und noch bessere Nahaufnahmen lieferte. „Ich wusste es“, fuhr de Groot fort. „Schaut doch selbst.“

„Tatsächlich", meinte Heller, nachdem er ebenfalls einen Blick auf den Bildschirm geworfen hatte. „Es sind zwei Wachposten. Die müssen wir ausschalten. Jetzt gleich. Wer übernimmt das?"

„Ich", sagte Leo Pieringer. „Ich kümmere mich um die beiden Kerle."

„In Ordnung" stimme Heller zu.

„Ich komme mit", meinte Ben Cutler. „Ich will auch ein bisschen Spaß haben, bevor es heiß hergeht."

Ben grinste dabei, als er das sagte, und Pieringer wusste, dass er sich jederzeit auf Ben verlassen konnte. Dann gingen die beiden Männer vorsichtig los, und von jetzt an bestand erhöhtes Risiko. Denn sie mussten damit rechnen, dass die Taliban in der Überzahl waren und sich die Dinge zu Ungunsten des Teams verändern konnten. Jeder der Männer und Frauen wusste, auf was sie sich einließen, aber niemand von ihnen zweifelte daran, dass diese Aktion auch gelingen würde. Sie hatten schon einige haarsträubende Einsätze hinter sich, und bisher hatten sie immer die vorher vereinbarten Pläne umsetzen können. Allerdings waren sie sich schon der Tatsache bewusst, wie gefährlich die Taliban waren.

*

4. März 2021
Unweit der Taliban-Bastion
Gegen 21:40 Uhr

Leo Pieringer schlich durch die Nacht und nutzte dabei jede vorhandene Deckungsmöglichkeit aus. Er wusste, dass er sich jetzt der Stelle näherte, wo sich der erste Wachposten aufhielt und musste jetzt doppelt vorsichtig sein.

Nur jetzt nicht die Nerven verlieren, dachte der österreichische Ex-Legionär. Das *klappt auch diesmal.*

Immer wieder beobachtete er die vor ihm liegende Umgebung. Die Nachtsichtbrille sorgte dafür, dass er den Taliban-Wächter sofort erkennen konnte. Der Mann stand auf einer kleinen Anhöhe und beobachtete das vor ihm liegende Gelände. Der Umstand, dass der Afghane genau in eine andere Richtung schaute, machte es für Pieringer leichter, sich in den Rücken seines Gegners zu schleichen. Wer Pieringer noch nicht im Einsatz erlebt hatte, konnte mitunter eine böse Überraschung erleben, wenn derjenige zu spät erkannte, wie gelenkig der robust wirkende Österreicher war. Geschmeidig wie eine Schlange kroch er über den felsigen Boden und achtete penibel darauf, keine Geräusche zu verursachen. Ein losgetretener Stein konnte schnell die Stille der Nacht im Nu unterbrechen, und wenn der Wachposten darauf aufmerksam wurde, dann würde er entsprechend reagieren.

Das musste Pieringer auf jeden Fall verhindern. Er hatte bereits ein Messer gezogen und würde die scharfe Klinge bedenkenlos einsetzen. Niemand durfte etwas mitbekommen, was er und die anderen Mitglieder des Teams vorhatten. Erst wenn sie sich in unmittelbarer Nähe der Bastion befanden und von dort aus das Feuer auf ihre Gegner eröffneten, würde der eigentliche Kampf beginnen. Bis dahin galt es Zeit zu gewinnen und jeden Vorteil zu nutzen, der sich ihnen bot.

Der Kerl da oben war total leichtsinnig. Ein rötlicher Punkt signalisierte Pieringer, dass der Wachposten eine Zigarette rauchte und dadurch seine Position verriet. Ein verhängnisvoller Fehler, den der Taliban sehr bald bereuen würde.

Pieringer kroch weiter über den Boden. Jetzt war er nur noch einen guten Steinwurf von seinem Gegner entfernt. Nach wie vor blieb er ruhig und atmete ganz flach. Erst als er erkannte, dass sich der Wachposten wieder abgewandt hatte und hinüber zu den Ruinen schaute, wo sich die anderen Kämpfer aufhielten, kroch Pieringer weiter.

Nun stand der entscheidende Augenblick unmittelbar bevor. Pieringer erhob sich ganz langsam aus seiner Deckung, hob die Messerklinge hoch und sprang seinen Gegner dann von hinten an. Der Taliban-Kämpfer reagierte viel zu spät. Bevor er das Gewehr hochreißen und abdrücken konnte, hatte Pieringer ihm auch schon die Kehle durchgeschnitten. Blut sprudelte hervor. Der Afghane röchelte und ging in die Knie. Seine

Augen weiteten sich, weil er keine Luft mehr bekam, und die Beine zuckten. Dann lag er still, während sich neben seinem Kopf eine Blutlache auszubreiten begann.

Pieringer war erleichtert, das zu sehen, aber noch blieben seine Nerven angespannt. Denn er hatte noch keine Gewissheit, ob Ben seinen Job ebenfalls lautlos erledigt hatte. Jetzt hieß es abwarten. Geduld war gefragt, denn jeder des Teams wusste, was es bedeutete, wenn die Wachposten bemerkten, dass sich Feinde näherten und Alarm schlugen. Zumindest einer der afghanischen Wachposten war nicht mehr dazu in der Lage, und Pieringer konnte nur hoffen, dass Ben sein Vorhaben ebenfalls lautlos erledigte.

*

Ben Cutler hatte die Stelle ausgemacht, wo sich der zweite Wachposten befand. Er schlich sich lautlos an ihn heran und wartete immer wieder einige Sekunden ab, bevor er seinen Weg fortsetzte. Er hatte einen kleinen Bogen geschlagen und befand sich jetzt auf der linken Seite des Afghanen. Dort wuchsen einige Büsche, die ein Vorwärtskommen erleichterte und Ben gleichzeitig vor den Blicken seines Gegners verbarg.

Die Distanz zu dem Wachposten war jetzt noch knapp zwanzig Meter. Eigentlich kein Problem für den Ex-NSA-Mann. Aber er blieb dennoch vorsichtig, vor allem in dem Moment, als er sah, wie der Wachposten in seine Richtung schaute und für Ben Cutlers Empfindung etwas zu lange auf die Stelle blickte, wo er sich verborgen hielt.

Der Wachposten schien jetzt neugierig geworden zu sein, weil er nun seine Position wechselte und nicht mehr auf der ursprünglichen Stelle verharrte. Jetzt wurde es gefährlich für Ben. Er wusste, dass der Afghane ihn gleich entdecken würde, wenn er noch näherkam. Also musste Ben jetzt etwas unternehmen, um den Gegner für ein paar Sekunden abzulenken.

Der einzige rettende Gedanke, der noch möglich war, beinhaltete zwar ein großes Risiko, aber jetzt war rasches Handeln angesagt. Bens linke Hand tastete umher und fand schließlich einen lockeren Stein. Den schleuderte er weg von sich und hörte dann das dumpfe Geräusch, als der Stein auf dem Boden aufschlug. Und in diesem Moment geschah genau das, worauf Ben Cutler gehofft hatte. Der Wachposten drehte sich um und blickte mit vorgehaltener Waffe in die Richtung, aus der er das Geräusch vernommen hatte.

Ben erhob sich aus seiner Deckung und lief mit gezogenem Messer auf den Afghanen zu. Aber bevor er ihn erreicht hatte, ahnte der Gegner, dass der wirkliche Feind sich in seiner unmittelbaren Nähe befand. Er zielte auf Ben und wollte abdrücken, aber Ben konnte das gerade noch verhindern, indem er sein Messer warf.

Die Klinge bohrte sich in den Hals des Afghanen, und er begann zu wanken. Das AK 47-Maschinengewehr konnte er nicht mehr halten. Es entglitt seinen Händen, während er in die Knie ging und mit beiden Händen nach der Messerklinge tastete, während das Blut aus seiner Kehle sprudelte. Ein entsetzliches Röcheln kam über seine Lippen, als er schließlich nach hinten fiel.

Ben Cutler beugte sich nun rasch über ihn und machte kurzen Prozess mit dem Mann, indem er die Messerklinge quer über den Hals des Wachpostens zog und damit die Wunde noch vergrößerte. Blut nässte seine Finger, als Ben das Messer wieder an sich nahm und das Blut an der Kleidung des Sterbenden abwischte, nachdem dieser soeben seinen letzten Atemzug getan hatte.

Rasch vergewisserte er sich, dass kein weiterer Wachposten in der Nähe war, dann lief er wieder zurück zu der Stelle, wo die anderen Teammitglieder schon ungeduldig auf ihn warteten und darauf hofften, dass auch er seinen Job ohne jegliche Probleme erledigt hatte.

*

Leo Pieringer wartete ab, bis er Heller und die anderen Teammitglieder näherkommen sah. Patrick Johnson blickte nur kurz auf den toten Afghanen und verzog das Gesicht, als ihm süßlicher Blutgeruch in die Nase stieg.

„Die Glut der Zigarette war sein Verhängnis", sagte Pieringer. „Sehen wir zu, dass wir weiterkommen. Hoffentlich hat Ben seinen Job auch schon erledigt."

Heller hob bei diesen Worten die rechte Hand, weil er durch seine Nachtsichtbrille jemanden näherkommen sah. Sofort schwiegen die anderen Männer und Frauen und hielten ihre Waffen bereit, ließen sie aber wieder sinken, als es zur Gewissheit wurde, dass es sich bei dem näherkommenden Mann um Ben Cutler handelte.

„Alles erledigt", sagte er nur. „Wir können weiter."

Er war kein Mann großer Worte, sondern wartete darauf, dass Heller Anweisungen zur weiteren Vorgehensweise gab. Die ließen nicht lange auf sich warten. Er überlegte einen kurzen Moment und traf dann seine Entscheidung.

„Wir bleiben zusammen", teilte er den anderen Teammitgliedern mit. „Leo und Ben, ihr sorgt für ein bisschen Ablenkung und beschäftigt die Taliban. Macht ihnen ordentlich Feuer unter dem Hintern!"

„Mit dem größten Vergnügen, David", sagte Pieringer, der es kaum abwarten konnte, die Handgranaten zum Explodieren zu bringen und damit für zusätzliches Chaos zu sorgen.

An der Stelle, wo der erste Afghane Posten bezogen hatte, hatten sie einen guten Blick auf die Ruinen, die sich weiter vor ihnen erstreckten. Einzelne Feuer erhellten die Nacht, und das war ein weiterer Pluspunkt für die Mitglieder des *Kommandos ZERO*. Wer in der Nacht noch ein Feuer brennen ließ, rechnete nicht wirklich mit bösen Überraschungen. David Heller und seine Leute würden die Taliban-Kämpfer jedoch sehr schnell eines Besseren belehren!

„Sehr ihr die beiden Humvee-Fahrzeuge da unten?", fragte Heller. „Ganz links, wo das Feuer brennt?"

„Ja", erwiderte Ben Cutler. „Sollen wir sie als erstes in die Luft jagen?"

„Auf jeden Fall", bestätigte das Heller. „Und dann eröffnet ihr gleich das Feuer auf die Taliban, die noch am Feuer sitzen.

Für sie soll es so sein, als würde sich vor ihren Augen das Tor zur Hölle öffnen. Macht kurzen Prozess mit ihnen. Wir sind nicht in einer Friedensmission unterwegs - nur damit das nochmal klar ist."

„Schon klar", fügte Pieringer hinzu. „Die anderen bleiben zusammen, oder?" Er sah, wie Heller nickte. „Und wo steckt das Mädchen eigentlich? Sollten wir nicht vorher herausfinden, wo wir genau suchen müssen?"

„Das müssen wir nicht mehr", ergriff nun Hans de Groot das Wort, der kurz sein Laptop gecheckt und gesehen hatte, dass die Drohne neue Bilder an die Air Base gesendet hatte und diese soeben auch an ihn weitergeleitet worden waren. „Schaut mal hier - dann werdet ihr es verstehen."

Er positionierte das Laptop so, dass jeder einen Blick darauf werfen konnte. Eines der übermittelten Bilder zeigte eine junge Frau, die von zwei Taliban in den rechten Teil der Ruine geführt wurde. Die beiden Männer kamen allein wieder heraus, also ließ dies den Schluss zu, dass sich Julia Wendt dort befinden musste.

„Wunderbar", meinte Marcel Becaud. „Dann sind die Infos jetzt komplett. Ich nehme an, wir schlagen los, sobald die ersten Handgranaten explodiert sind?"

„Ja", bestätigte das Heller. „Wir schleichen uns so nahe wie möglich heran, und dann beginnt der Feuerzauber. Hans, du und Sylvie bleibt allerdings hier und sichert uns ab. Wenn wir verfolgt werden, dann ist es umso wichtiger, dass ihr uns den Vorsprung verschafft, den wir brauchen. Und sobald die ersten Schüsse fallen, verständigst du die Soldaten in den Hubschraubern, Hans. Es muss alles verdammt schnell gehen."

„Alles klar", versicherte ihm der Niederländer, obwohl man ihm ansehen konnte, dass er nicht glücklich darüber war, seine Kameraden im Kampf entsprechend unterstützen zu können. Aber dann begriff er, wie wichtig seine Aufgabe war und nickte schließlich.

Sylvie Durand war über diese Entscheidung weniger glücklich, aber de Groot gab ihr mit einer eindeutigen Geste zu verstehen, dass das jetzt beschlossene Sache war und Widerspruch zwecklos war. Deshalb beschäftigte sie sich sofort mit dem Maschinengewehr M2QCB und brachte es in Position. Sie konnte mit solchen schweren Waffen sehr gut umgehen und hatte bisher auch immer die anvisierten Ziele getroffen.

De Groot legte das Laptop beiseite und nahm die MG4 an sich.

„Viel Glück", sagte er zu den anderen Teammitgliedern. „Wir halten diese Terroristen auf. Da könnt ihr sicher sein. Passt ja auf euch auf!"

Danach machten sich die anderen Männer und Frauen auf den Weg zu der Ruine. Und mit jedem Meter, den sie jetzt zurücklegten, wurde die Gefahr für Leib und Leben immer größer.

*

4. März 2021
In der Taliban-Bastion
Gegen 22:30 Uhr

Das Licht von drei flackernden Feuern erhellte die Nacht und warf bizarre Schatten an die Mauerreste. Bärtige Männer saßen um die Feuer herum, unterhielten sich und lachten teilweise, als einer von ihnen mit dramatischen Gesten demonstrierte, wie entschlossen er war, die von den ausländischen Mächten ins Amt gesetzte afghanische Regierung sobald wie möglich zu stürzen und sich und seinen Glaubensbrüdern den Weg an die Macht zu ebnen.

Es waren einfache Männer, die sich aus vielerlei Gründen den Taliban angeschlossen hatten. Sie waren überzeugt von dem, was sie taten und sahen in allem, was nicht den Lehren des Koran und dem Willen Allahs entsprach, das personifizierte Böse, das man mit allen Mitteln vernichten musste.

Ihre Kleidung war einfach und wirkte teilweise ärmlich. Am saubersten waren die Waffen, die sie trugen, und die Männer waren fest entschlossen, davon auch Gebrauch zu machen, wenn sich ihnen jemand in den Weg stellte. Das hatte zu einigen strategisch wichtigen Siegen geführt, die den Taliban schließlich den Weg geebnet hatten, um immer näher an die Hauptstadt Kabul heranzurücken. Und wenn diese Stadt von den Taliban besetzt wurde, dann hatten sie ihr Ziel erreicht, für das schon etliche Glaubensbrüder ihr Leben geopfert hatten.

Abed Amiri spürte ebenfalls diese Begeisterung, die von den Kämpfern am Feuer ausging und nun auch ihn und seine Freunde erfasst hatte. Amiri war zu Recht stolz auf die Aktion, die er zusammen mit Asadi, Babak und Dalir geplant hatte. Sie waren schon seit längerer Zeit Anhänger der Taliban gewesen, und die Entführung der Tochter des deutschen Botschafters war die bisherige Krönung aller Aktionen gewesen.

„Morgen werden wir triumphieren“, riss ihn die Stimme von Hamid Karimi aus seinen Gedanken. „Fünf unserer besten Männer werden freikommen, und mit dem Geld werden wir weitere Waffen kaufen können. Die Russen sind bereit, uns zu unterstützen. Auch der Iran will uns Waffen liefern. Wir werden mit beiden Staaten sprechen und für uns das beste Geschäft aushandeln. Niemand wird uns mehr aufhalten können, Abed. In wenigen Monaten werden die fremden Soldaten verschwunden sein, und Afghanistan gehört uns. Wir werden das Land in unserem Glauben neu aufbauen.“

„Du weißt, dass nicht alle unseren Weg beschreiten werden, Hamid“, gab Amiri zu bedenken. „Was machen wir mit denen, die die Taliban und ihre Werte immer noch ablehnen?“

„Für diese gottlosen Hunde wird kein Platz mehr in unserem Land sein“, erwiderte Karimi. „Wir werden einen neuen Gottesstaat errichten, dem sich jeder unterordnen muss.“ Er sagt das mit solcher Überzeugung, dass er nicht einen einzigen Augenblick daran dachte, dass jemand die Taliban an diesem Vorhaben zum jetzigen Zeitpunkt noch hindern könnte.

Auch Abed Amiri spürte den Enthusiasmus, der Karimi gepackt hatte. So wie er dachten auch alle anderen Taliban-Kämpfer, die sich in den Ruinen weit abseits der Hauptstadt aufhielten und nur noch auf den richtigen Tag warteten, um den Kampf gegen die fremden Besatzer noch härter und unerbittlicher weiterführen zu können.

„Ich werde nicht vergessen, was du und deine Freunde für uns getan habt, Abed", sagte Karimi nun zu ihm. „Ihr werdet belohnt werden, wenn die Zeit gekommen ist."

Solche Worte hörte Amiri natürlich sehr gern. Er hatte schon längst vergessen, dass er Julia nur benutzt hatte, um selbst seine eigenen Vorteile daraus zu ziehen. Und das hatte schließlich dazu geführt, dass ihn der Anführer der Kämpfer in dieser Region schätzte. Eine bessere Ausgangsbasis gab es nicht, um weiteren Erfolg zu haben.

„Denkst du noch an die Geisel, Abed?", riss ihn die Stimme Karimis aus seinen Gedanken. „War es wirklich so einfach, sie gefügig zu machen?"

„Ich hatte kein Problem damit, Hamid", antwortete Amiri. „Sie hat mir jedes Wort geglaubt, das ihr ihr gesagt habe. Wenn eine Frau verliebt ist, dann ist sie auch schwach. Das vereinfachte alles. Sie war nur Mittel zum Zweck, sonst nichts. Warum fragst du so genau danach?"

„Weil ich sicher sein will, dass du deine Gefühle unter Kontrolle hast, Abed", lautete Karimis Antwort. „Ich denke noch darüber nach, ob wir die Frau wirklich freilassen sollen, sobald unsere Glaubensbrüder frei sind und wir das Lösegeld erhalten haben."

„Was willst du sonst tun?", fragte Abend Amiri. „Willst du sie umbringen? Das würde nur weiteren Hass und Gewalt auslösen. Zum jetzigen Zeitpunkt halte ich das für keine gute Lösung."

„Wir werden sehen", meinte Karimi ausweichend. „Wenn unsere Brüder frei sind und wir das Geld haben, werde ich entscheiden. Die Frau hat keinen Wert für uns, Abed. Halte dir das immer vor Augen. Du hast doch auch nicht über das Leben anderer Menschen nachgedacht, als du die Sprengstoffanschläge geplant hast. Und jetzt will ich nichts mehr darüber hören. Geh schlafen. Morgen wird ein anstrengender und entscheidender Tag für uns alle."

Abed Amiri musste einsehen, dass er jetzt und hier von dem Anführer der Taliban keine Entscheidung erwarten konnte. Deshalb erhob er sich und wollte gerade zu der Stelle gehen, wo seine Freunde ein Lager errichtet hatten. Aber dazu kam es nicht mehr. Denn genau in diesem Moment erfolgte eine laute Explosion!

*

Leo Pieringer beobachtete schon seit geraumer Zeit die brennenden Feuer vor den Ruinen. Was er sehen konnte, waren ungefähr zwanzig Männer, die dort hockten und sich unterhielten. Er hörte einige von ihnen lachen, und das machte ihn noch wütender, als es ohnehin schon der Fall war.

Er schaute zu David Heller, der sich nur wenige Meter entfernt von ihm befand und ihm jetzt mit erhobenem Daumen das Signal gab, den Angriff zu starten. Auch Ben Cutler hatte drei Handgranaten von Pieringer erhalten und würde diese einsetzen, sobald der Österreicher die erste in Richtung der Fahrzeuge geworfen hatte.

Marcel, Maria und Evelyn hatten sich ein paar Schritte hinter Heller, Pieringer, Taylor und Cutler postiert, aber insbesondere Evelyn war damit nicht einverstanden. Sie kannte Hellers Denkweise und wusste, dass er die Frauen möglichst keiner direkten Gefahr aussetzen wollte. Aber Evelyn ignorierte das. Sie hatte schon einige gefährliche Einsätze bei der Bundeswehr in Mali hinter sich und wusste, was in solchen Situationen zu tun war. Angriff war für sie schon immer die beste Verteidigung gewesen, und diesem Grundsatz wollte sie auch jetzt wieder folgen. Zuerst schießen, um selbst zu überleben - diese Verhaltensweise war ihr in Fleisch und Blut übergegangen.

Deshalb schaute sie schon fast ungeduldig zu Leo Pieringer herüber und grinste in voller Erwartung, als sie sah, wie sich der österreichische Ex-Söldner ganz kurz aus seiner Deckung erhob, nachdem er den Splint gezogen hatte und dann die erste Handgranate in Richtung der beiden Humvees warf. Bruchteile von Sekunden, nachdem sie zwischen den Fahrzeugen Kontakt mit dem Boden bekommen hatte, zerriss ein lauter Donnerknall die Stille der Nacht.

Das eine Humvee-Fahrzeug wurde von der Druckwelle zur Seite gestoßen, und eine zweite Granate, die diesmal Ben Cutler geschleudert hatte, sorgte dafür, dass das Fahrzeug zu brennen begann.

„Angriff!", rief David Heller, nahm die Schnellfeuerwaffe MP7A1 an die Schulter, zielte in Richtung des Feuers und nahm einen der Männer ins Visier. Das Aufbellen mehrerer Schüsse entsetzte die Taliban so sehr, dass sie im ersten Moment vor Schock erstarrt waren. Aber dann griffen sie zu den Waffen und versuchten, sich so gut wie möglich zur Wehr zu setzen.

Genau jetzt zerstörte eine weitere Granate einen Humvee, und das Feuer des ersten Militärfahrzeuges griff nun auch auf den zweiten Humvee über. Nur wenige Sekunden später explodierte der Tank, und eine Flamme schoss in den nächtlichen Himmel empor.

Schmerzerfüllte Schreie erklangen, während nun von allen Seiten Schüsse fielen. Heller und sein Team hatten diese wenigen Sekunden genutzt, um sich gut zu positionieren und dann die Taliban-Kämpfer unter Beschuss zu nehmen.

Eine weitere Granate, die Ben Cutler von sich geschleudert hatte, landete genau in den Flammen des linken Lagerfeuers. Als die Granate nur einen Atemzug später explodierte, schleuderte die Druckwelle das Holz in alle Richtungen weit davon.

Zwei Afghanen wurden von den brennenden Holzstücken getroffen, und diese setzten ihre Kleidung in Brand. Aufschreien warfen sie sich zu Boden und wälzten sich voller Panik hin und her, um die Flammen so rasch wie möglich zu ersticken. Andere Kämpfer wollten ihren Gefährten helfen, aber das ließ Marcel Becaud nicht zu. Bisher war er in diesem Einsatz nicht richtig zur Geltung gekommen, aber nun schlug seine Stunde. Mit mehreren gezielten Schüssen hielt er die Taliban-Kämpfer auf Distanz und schaffte es, zwei weitere von ihnen so schwer zu verwunden, dass sie erst einmal außer Gefecht gesetzt waren und für ihn und seine Teammitglieder keine Gefahr mehr darstellten.

„Such in der Ruine, Evelyn!", rief Heller der ehemaligen Bundeswehrsoldaten zu. „Wir geben dir Feuerschutz!"

Evelyn verlor keine weiteren Worte mehr, sondern spurtete geduckt los, während sich die anderen mit den Taliban-Kämpfern ein erbarmungsloses Feuergefecht lieferten. Immer wieder musste sich Evelyn ducken, weil einige Kugeln gefährlich nahe an ihr vorbeipfiffen. Aber sie hatte großes Glück in diesem alles entscheidenden Augenblick, dass sie trotzdem nicht getroffen wurde.

Dann hatte sie schließlich eine der schützenden Mauern erreicht und schoss einen Afghanen nieder, der ihre Absicht geahnt hatte und sich ihr in den Weg stellen wollte. Evelyn hatte jedoch längst reagiert und um den entscheidenden Bruchteil einer Sekunde früher ihre Waffe abgefeuert. Eigentlich hätte ein Schuss gereicht, um auf diese kurze Distanz einen Gegner auszuschalten. Aber Evelyn wollte nichts dem Zufall überlassen, erst recht nicht jetzt, wo sie die Feinde bereits gehörig in Angst und Schrecken versetzt hatten. Deshalb jagte sie drei Kugeln in den Körper des Afghanen und sah ihn nach hinten taumeln und zu Boden stürzen.

Sie sprang über die nur noch schwach zuckende Gestalt hinweg und näherte sich jetzt der Ruine, in der man die entführte Geisel vermutete. Zumindest waren die Bilder auf dem Laptop eindeutig gewesen.

Hinter ihr fielen weitere Schüsse, gefolgt von mehreren durchdringenden Schreien. Sie hoffte inständig, dass keiner ihrer Kameraden getroffen und außer Gefecht gesetzt worden war.

Kapitel 9

Die Rettung

4. März 2021
In der Taliban-Bastion
Gegen 23:15 Uhr

Julia Wendt zuckte zusammen, als sie plötzlich den Donnerhall einer Explosion vernahm. Fast im selben Moment fielen plötzlich mehrere Schüsse, denen weitere Explosionen folgten. Sie zitterte am ganzen Körper, weil sie nicht wusste, was das zu bedeuten hatte.

Der Afghane, der sie bewachte, stieß einen lauten Fluch aus, griff nach seinem AK-47 Maschinengewehr und rannte aus der Ruine heraus. Wieder fielen Schüsse, und laute wütende Schreie mischten sich mit dem Echo einer weiteren Explosion. Dann waren erneut Schüsse zu hören, diesmal allerdings ganz aus ihrer Nähe. Jemand schrie, aber dann brach dieser Schrei abrupt ab.

Dumpfe Schritte erklangen, und dann tauchte plötzlich eine schlanke Gestalt im Torbogen der Ruine auf. Sie trug Uniform und hatte eine Schnellfeuerwaffe in der Hand.

„Julia?", richtete die Gestalt nun das Wort an sie. „Sind Sie Julia Wendt?"

„Ja!", stieß sie hervor. „Was hat das zu bedeuten? Haben meine Eltern …?"

„Wir haben keine Zeit für lange Erklärungen", sagte die Frau in der militärischen Tarnkleidung, die nun rasch zu ihr gelaufen kam. „Können Sie aufstehen und gehen?" Erst dann bemerkte sie, dass man Julias Füße mit einem Kabelbinder gefesselt hatte, und die Arme ebenfalls. Sie verlor keine weiteren Worte darüber, legte ihre Waffe kurz beiseite und zog ein Messer aus dem Gürtel.

Julia zuckte erschrocken zusammen, als sie das sah, aber dann begriff sie, dass die Frau sie von den Fesseln befreien wollte. Zwei rasche Schnitte, und Julia war die Kabelbinder los.

„Kommen Sie!", sagte die Frau, nachdem sie das Messer eingesteckt und die Waffe wieder an sich genommen hatte. „Wir müssen uns beeilen!"

Sie streckte die linke Hand aus, und Julia ließ sich von ihr hochziehen.

„Bleiben Sie die ganze Zeit hinter mir", sagte die Frau zu ihr. „Sie tun genau das, was ich sage. Haben Sie mich verstanden?"

Julia bestätigte das mit einem kurzen Nicken und blieb hinter der Frau, von der sie nicht einmal den Namen wusste. Aber sie jetzt danach zu fragen, war vergeudete Zeit, denn sie ahnte, wie eng der Zeitkorridor war, der zur Verfügung stand. Sie vermutete, dass die Frau nicht allein gekommen war und dass es sich hier um eine geplante militärische Befreiungsaktion handelte, die vermutlich ihre Eltern in die Wege geleitet hatten.

Dieser Gedanke bestätigte sich nur wenige Augenblicke später, als in ihrem Blickfeld auf einmal ein zweiter Mann auftauchte, der ebenfalls eine Schnellfeuerwaffe in den Händen hielt und jetzt versuchte, der Frau und Julia beizustehen.

„Los jetzt, Evelyn!", rief er der Frau zu. „Wir müssen weg von hier - schnell. Es wird langsam ungemütlich!"

Julia duckte sich und lief weiter. Sie schrie auf, als plötzlich eine Kugel an ihr vorbeipfiff und dann ins Gestein der alten Mauer schlug. Wieder begann sie zu zittern, aber dafür hatte die Soldatin namens Evelyn keinerlei Verständnis. Sie packte sie grob am linken Arm und riss sie einfach mit sich. Irgendwo seitlich von ihr erklangen wütende Schreie, und Julia glaubte für einen winzigen Moment, dass jemand ihren Namen gerufen hatte. Aber vielleicht hatten ihr die Nerven auch nur einen Streich gespielt. In diesem Moment wusste sie das nicht.

„Weiter!", rief ihr Evelyn zu. „Verdammt, wird´s bald?"

Julia tat, was ihr gesagt wurde, und hinter ihr fielen weitere Schüsse. Erneut explodierte etwas nur wenige Schritte von ihr entfernt. Gesteinsbrocken wurden nach allen Seiten davongeschleudert, und einer davon streifte sie schmerzhaft an der Hüfte. Julia schrie auf und stolperte kurz, konnte sich dann aber wieder fangen.

„Ich habe sie!", rief Evelyn nun zwei weiteren Männern zu, die plötzlich mit vorgehaltenen Waffen unweit von ihr auftauchten.

„Dann los!", erwiderte der Mann mit gepresster Stimme, während der zweite Mann einige Schüsse in Richtung der Ruine abfeuerte. „Sie haben den ersten Schrecken überwunden. Jetzt müssen wir weg von hier, sonst ..."

Er sprach diesen Satz bewusst nicht zu Ende, aber Julia hatte bereits begriffen, was er damit hatte andeuten wollen. Zusammen mit Evelyn hastete sie weiter, und mit jedem weiteren Meter ließ sie die kritische Gefahrenzone hinter sich.

Hoch oben am Himmel waren Geräusche zu hören, die Julia nicht identifizieren konnte. Fragend schaute sie zu Evelyn, aber die zuckte nur mit den Schultern und deutete ihr an, weiterzulaufen.

„Hans hat bereits die Piloten alarmiert!", rief einer der Männer hinter ihr. „Zum Glück!"

Jetzt mussten sie um ihr Leben rennen. Sekunden kamen ihnen wie Ewigkeiten vor, bis sie endlich die Stelle erreichten, wo sich zwei weitere Personen postiert hatten und darauf warteten, bis ihre Kameraden endlich bei ihnen waren.

Für Julia kam es so vor, als wäre sie ungewollt in einen Action-Film hineingeraten, der schon fast krasse Züge angenommen hatte. Sie wusste von Filmen und Büchern, in denen speziell ausgebildete Einheiten gefährliche Einsätze absolvierten und an verschiedenen Brennpunkten in der ganzen Welt agierten. Die GSG 9 war solch eine Truppe gewesen, die damals die Passagiere der Lufthansa-Maschine *Landshut* in Mogadischu befreit hatte. Aber das war Ewigkeiten her, und Julia war damals noch nicht geboren worden, als diese Aktion stattgefunden hatte. Sie kannte das nur aus Berichten im Internet und durch Erzählungen ihres Vaters.

Das Geräusch über ihr wurde jetzt immer lauter, und jetzt erfassten mehrere Scheinwerfer das Gelände. Es waren zwei Hubschrauber, die gerade im Begriff waren, zur Landung anzusetzen.

„Haltet drauf!", rief jemand. „Sie dürfen nicht näherkommen!"

„Geht in Ordnung!", erwiderte ein Mann, dessen Stimme einen niederländischen Akzent hatte. „Es wurde Zeit, dass ich auch mal was zu dieser Aktion beitragen kann. Hier, nimm das Laptop an dich, David. Es ist wichtig."

„Aber du auch, Hans", erhielt er dann als Antwort. „Du hast die Hubschrauber-Piloten genau rechtzeitig alarmiert."

„Klar doch", entgegnete dieser. „Im Augenblick, als die ersten beiden Granaten explodierten, habe ich Alarm gegeben. Und wie ich sehe, war das genau das Richtige."

„Da kommen welche von denen!", rief die schwarzhaarige Frau, die sich neben dem Niederländer befand. „Zeigen wir ihnen, wer am längeren Hebel sitzt!"

„Worauf du dich verlassen kannst", sagte de Groot und justierte seine Waffe, während die beiden Hubschrauber nun schon fast den Boden erreicht hatten. Sekunden später setzten die Kufen auf dem Boden auf, und die Türen wurden geöffnet.

Wieder fühlte Julia, wie sie am Arm gepackt und zum rechten Hubschrauber dirigiert wurde. Zwei Arme streckten sich ihr entgegen, und dann wurde sie ins Innere des Hubschraubers gezogen. Evelyn folgte ihr und deutete ihr an, sich hinzusetzen und sich ruhig zu verhalten.

„Derjenige, der dich entführt hat, war der auch in den Ruinen?", wollte Evelyn von ihr wissen.

„Ja", sagte Julia. „Er hat mich angelogen, von Anfang an. Ich hätte ihm kein einziges Wort glauben sollen und ..."

„Was passiert ist, kann man nicht mehr rückgängig machen", fiel ihr Evelyn ins Wort, die sich jetzt auf keine langen Diskussionen einlassen wollte. Es gab wichtigere Dinge zu tun.

Stattdessen nahm sie ihre Schnellfeuerwaffe und hielt sie bereit, um Hans und Sylvie zu schützen, wenn diese ihre Position aufgaben, um sich ebenfalls in den Hubschrauber zu begeben. Aber bevor sie das taten, feuerten sie etliche Schüsse in die Richtung ab, aus der die Verfolger kamen. Natürlich hatten die Taliban noch längst nicht aufgegeben und taten alles, um sich für diesen blutigen Überfall zu rächen. Aber das gelang ihnen nicht, denn die beiden Maschinengewehre, die de Groot und Sylvie bedienten, fügten den Taliban noch weitere Verluste zu.

„Kommt jetzt!", rief David Heller den beiden zu. „Es wird Zeit!"

Während sie sich rasch erhoben und zu dem Hubschrauber rannten, gaben ihnen die anderen Teammitglieder Feuerschutz und sicherten sie dadurch.

„Weg von hier!“, rief Heller und gab den beiden Piloten ein Zeichen. Der Hubschrauber stieg sofort auf, und die zweite Maschine folgte wenige Sekunden später. Im selben Moment erloschen auch die Scheinwerfer der beiden Hubschrauber, um den wütenden Taliban keine Ziele zu bieten. Kurz darauf flogen die beiden Hubschrauber zurück in Richtung Kabul.

„Danke“, sagte Julia. „Ich bin Ihnen allen sehr dankbar für das, was Sie getan haben. Wer sind Sie eigentlich?“

„Ein Team, das im richtigen Augenblick zur Stelle ist, wenn man es braucht“, erwiderte David Heller und begann sich allmählich zu entspannen. Es war verdammt knapp gewesen, und sie hatten alle sehr viel Glück gehabt, dass keiner von ihnen bei dieser waghalsigen Aktion verletzt worden war.

*

5. März 2021
Auf der Militärbasis am Flughafen Kabul
Gegen 1:00 Uhr

Die Piloten der beiden Hubschrauber hatten bereits die Verantwortlichen auf der Basis informiert. Colonel Shelton und Major Kohlmann standen bereits in der Nähe des Landeplatzes, um Heller und sein Team in Empfang zu nehmen. Aber zuerst ging es darum, die sichtlich mitgenommene Julia Wendt ärztlich zu versorgen und sich um die Wunde an der Hand zu kümmern.

Der Abschied zwischen der Tochter des Botschafters und den Mitgliedern von Kommando ZERO war kurz. Julia war noch sehr erschöpft und brauchte Zeit, um dieses schreckliche Erlebnis erst einmal zu verdauen. Aber es würde ganz sicher Spuren hinterlassen, die von nun an ein Teil von ihr blieben.

„Wir haben die Eltern der jungen Frau bereits verständigt“, sagte Major Kohlmann, während er mit Heller und seinen Leuten fast genau an der gleichen Stelle stand, wo er sie zuerst begrüßt hatte. Nur ein einziger Tag war seitdem vergangen, aber es war unglaublich viel geschehen. „Sie werden am frühen

Morgen gleich einen Wagen hierherschicken, um Julia abzuholen."

„Hoffentlich unter geeigneten Sicherheitsmaßnahmen", gab Heller zu bedenken. „Nicht dass noch einmal so etwas passiert."

„Keine Sorge", meinte Colonel Shelton. „Wir werden dafür sorgen, dass die junge Frau sicher in der Botschaft ankommt."

„Am besten wäre es, wenn der Botschafter und seine Familie umgehend das Land verlassen", fügte Heller hinzu. „Die Taliban werden sich bestimmt für diese empfindliche Niederlage rächen wollen. Ich traue ihnen alles dazu. Nicht dass es weitere Anschläge im Bereich der Botschaft gibt. Man kann da nie ganz sicher sein."

„Das stimme ich Ihnen zu", erwiderte der Colonel. „Ich werde mit dem Botschafter und der deutschen Regierung darüber sprechen. Und natürlich werde ich Sie und Ihre Leute lobend erwähnen, Oberst Heller."

„Das lassen Sie besser bleiben, Colonel", winkte Heller entschieden ab. „Offiziell weiß man gar nicht, dass mein Team und ich überhaupt aktiv geworden sind. Es wäre besser, wenn das auch so bleibt. Sonst werden einige hohe Amtsträger noch nervös."

„Aber wie konnten Sie dann ...?", wollte Major Kohlmann fragen, wurde aber von Heller sofort unterbrochen.

„Sehen Sie es einfach mal so, Major", versuchte ihm das Heller zu erklären. „Es gibt so einige Krisenherde auf dieser Welt, die man nicht nur unter Beobachtung haben sollte, sondern dafür sorgen muss, dass gewisse Dinge auf - nennen wir es mal unbürokratische Weise rasch beendet werden. Das müssen Leute erledigen, die wissen, wie man das macht. Nichts anderes haben wir getan, und jetzt ist es an der Zeit, Afghanistan wieder zu verlassen. Und falls jemand fragen sollte, wie Julia Wendt freigekommen ist, dann werden Sie ganz bestimmt eine passende Erklärung finden."

Der Major war erstaunt, als er das hörte, akzeptierte aber Hellers Sichtweise und nickte schließlich.

„Trotzdem danke“, sagte er und streckte die rechte Hand aus. Heller ergriff sie und erwiderte den Händedruck kurz. Colonel Shelton schloss sich ihm an. Und auch er fand die passenden Worte, um sich bei den Männern vom *Kommando ZERO* zu bedanken. Für Heller war die Sache damit erledigt. In Gedanken beschäftigte er sich schon mit ganz anderen Dingen. Sowohl er als auch seine Leute brauchten jetzt dringend einige Tage Ruhe, um sich von diesem gefährlichen Einsatz zu erholen. Denn der nächste Auftrag würde nicht lange auf sich warten lassen, denn es gab noch viel zu viele Krisenherde auf dieser Welt. Und einige davon ließen sich nicht auf friedliche Weise lösen.

*

5. März 2021
In den Ruinen der Taliban-Bastion
Etwa zur gleichen Zeit gegen 1:20 Uhr

Abed Amiri blickte fassungslos auf die Leichen, die in seiner Nähe lagen. Er hatte verdammt viel Glück gehabt und hatte nur einen Streifschuss am linken Oberarm abbekommen, den er mittlerweile notdürftig verbunden hatte. Seine Freunde Asadi, Babak und Dalir hatten jedoch nicht soviel Glück gehabt. Er hatte hilflos zusehen müssen, wie Asadi gleich zu Beginn von mehreren Kugeln getroffen worden war. Dalir hatte ihm noch helfen wollen, aber dabei hatte es ihn dann nur wenige Sekunden später auch erwischt.

Babak hatte die Auswirkungen einer Granate zu spüren bekommen, die ihm das rechte Bein zerfetzt hatte. Er hatte noch eine Zeitlang geschrien, aber in dem ganzen Chaos ringsherum hatte das gar niemand mitbekommen. Denn das Echo zahlreicher Schüsse und weiterer lauter Explosionen hatten Babaks Schreie überlagert.

Mehas als fünfzehn Taliban-Kämpfer waren von den Kugeln getroffen und getötet worden, und die explodierenden Granaten hatten weitere Männer schwer verletzt. Abed Amiri konnte es immer noch nicht fassen, was gerade geschehen war – und das Allerschlimmste war noch, dass es den unbekannten Gegnern gelungen war, Julia Wendt in einer tollkühnen Aktion zu befreien! Anschließend hatten sie sofort wieder den Rückzug angetreten. Mit Hilfe von zwei Hubschraubern, die wahrscheinlich schon längst auf ein verabredetes Zeichen gewartet hatten.

Amiri war so wütend, dass er kaum einen klaren Gedanken fassen könnte. Die Männer, die die Tochter des deutschen Botschafters auf so tollkühne Weise befreit hatten, mussten Mitglieder einer Spezialeinheit sein. Niemand konnte so rasch und genau nach Plan solch eine gefährliche Aktion umsetzen. Aber wie hatten diese Männer und Frauen so schnell reagieren können? Das bedeutete seiner Meinung nach nichts anderes, als dass diese Elitesoldaten schon kurz nach der Entführung herbeigerufen worden waren. Also hatte man nie geplant, ein Lösegeld zu zahlen und auch nicht die gefangenen Taliban-Kämpfer jemals freizulassen!

Seine Gedanken brachen ab, als er hinter sich Schritte hörte. Er drehte sich um und blickte in das Gesicht von Hamid Karimi. Die Art und Weise, wie er Abed Amiri anschaute, verhieß nichts Gutes.

„Wie konnte das passieren?", fragte ihn der Anführer der Taliban mit vorwurfsvoll klingender Stimme. „Weißt du die Antwort, Abed? Denk nach, aber sehr genau!"

„Ich … ich weiß es nicht", beeilte sich Amiri zu sagen. „Ich kann es mir einfach nicht erklären, Hamid."

„Einer deiner Leute hat das Päckchen mit dem Finger zur Botschaft gebracht", meinte Karimi. „Ist er vielleicht dabei beobachtet worden?"

„Nein", erwiderte Abed Amiri. „Babak hat genau auf solche Dinge geachtet. Er ist nicht direkt mit seinem Wagen zur Botschaft gefahren, sondern hat zuerst seinen Cousin Jawad aufgesucht und ihn gebeten, dass er ihn mit dem Motorrad zur Botschaft fährt. Dann hat er das Päckchen über die Mauer geworfen, und Jawad hat ihn wieder zurück zu seinem Wagen gebracht."

„Und ist ihm wirklich niemand gefolgt?", fragte Karimi nochmals. „Bist du ganz sicher?"

„Babak hat mir das versichert", sagte Abed Amiri. „Und ich glaube ihm das."

Hamid Karimis Miene war nach wie vor von Wut gezeichnet, weil er und seine Kämpfer niemals mit solch einem brutalen Überfall gerechnet hätten. Sie hatten sich sicher gefühlt in diesen alten Ruinen, und jetzt hatten sie eine große Demütigung erleben müssen.

Er blickte hinter sich und sah, wie die Überlebenden dieses blutigen Angriffs sich um ihn scharten. Hier konnten sie auf keinen Fall mehr bleiben. Diese Bastion war nicht mehr sicher. Vielleicht würden morgen schon weitere Soldaten kommen, um die Taliban endgültig zu vernichten. Das durfte auf gar keinen Fall geschehen. Somit blieb ihnen nichts anderes übrig, als sich noch weiter in die Berge zurückzuziehen und darauf zu hoffen, dass ihnen die Feinde nicht folgten.

Genau in diesem Moment erklang plötzlich ein Warnschuss von weiter oberhalb. Hamid Karimi zuckte zusammen und fuhr herum, das AK-47 Gewehr im Anschlag. Aber es war nur einer seiner Männer, der den Schuss abgegeben hatte und jetzt herübergeilt kam.

„Ein Wagen kommt!", rief der Afghane ganz aufgeregt und deutete in die betreffende Richtung. Die Taliban-Kämpfer hielten ihre Waffen bereit, sahen dann aber, dass es wirklich nur ein einziges Fahrzeug war, das sich jetzt den Ruinen näherte. Trotzdem zielten sie weiterhin auf ihn, denn sie vermuteten einen weitere List des Gegners.

„Das ist Babaks Vater!", rief Abed Amiri, „Was will er denn hier?"

Er wartete ab, bis der Mann seinen Wagen zum Stehen gebracht hatte. Amiri hatte Babaks Vater mehrmals getroffen, als er und seine Freunde Babak in seinem Heimatdorf besucht hatten.

Die Flammen der brennenden Humvees erhellten das blutige Szenario, und Babaks Vater brauchte nicht lange, um den verstümmelten Leichnam seines Sohns zu entdecken, nachdem er aus dem Wagen gestiegen war. Alle traten zur Seite und ließen den graubärtigen Mann zu seinem Sohn gehen. Er kniete vor dem Toten nieder, senkte seine Kopf, und jeder sah, dass seine Schultern zuckten.

„Ich habe ihn gewarnt“, sagte er. „Er hätte sich nicht darauf einlassen dürfen. Und jetzt ist er tot. Was soll ich seiner Mutter sagen?“

Hamid Karimi trat einen Schritt auf Babaks Vater zu und legte seine Hand auf dessen Schulter.

„Er hat tapfer gekämpft. Dein Sohn ist als Märtyrer gestorben“, versuchte er ihm klarzumachen.

„Das macht ihn auch nicht wieder lebendig“, sagte der trauernde Vater. „Jawad hat einen Fehler gemacht, und deshalb bin ich hier. Ich wollte Babak warnen, aber jetzt …“ Seine Stimme geriet ins Stocken.

„Was heißt das?“, fragte Karimi. „Von welchem Fehler sprichst du?“

„Jemand aus Jawads Nachbarschaft kam am späten Abend zu mir“, fuhr Babaks Vater fort. „Er erzählte mir, dass ein Mann und eine Frau in Jawads Haus eingedrungen sind, und seitdem ist er verschwunden.“

„Weiter!“, forderte ihn der Anführer der Taliban auf. „Erzähl mehr. Ich will alles wissen. Nun rede endlich!“

Babaks Vater nickte und berichtete dann mit heiserer Stimme, was er von dem Nachbarn erfahren hatte. Karimi brauchte nur wenige Sekunden, um die Zusammenhänge zu erkennen und zu begreifen. Babaks Cousin war beobachtet worden, und wahrscheinlich hatte man ihn jetzt entführt und dazu gezwungen, alles zu sagen, was er wusste.

„Wusste Jawad, wo wir sind?“, wollte Karimi jetzt von Babaks Vater wissen.

„Ja“, erwiderte dieser sofort. „Babak hat es ihm gesagt, weil er ihn für vertrauenswürdig hielt. Wir alle im Dorf wissen das ebenfalls, wo ihr seid. Als ich erfuhr, dass Jawad mitgenommen wurde, bekam ich Angst. Ich wollte Babak warnen, aber ich bin zu spät gekommen.“ Seine Augen glitzerten feucht, als er das sagte.

„Dein Sohn wird gerächt werden", meinte Hamid Karimi mit entschlossen klingender Stimme. „Er ist nicht umsonst gestorben. Wir haben diesen Kampf zwar verloren, aber wir geben nicht auf. Niemals!"

Die umstehenden Kämpfer stimmten laut zu, aber das nahm Babaks Vater nicht wahr. Er blickte immer wieder auf seinen toten Sohn und machte sich schlimme Vorwürfe, dass er dessen Tod nicht hatte verhindern können.

Das registrierte Karimi jedoch nur beiläufig, denn er schaute jetzt Abed Amiri durchdringend an.

„Du hast gesagt, dass du alles sorgfältig geplant hast - und ich habe mich darauf verlassen", sagte er mit gefährlich leiser, aber sehr drohender Stimme. „Babak und sein Cousin sind beobachtet worden, und niemand hat etwas bemerkt. Du hattest für alles die Verantwortung, Abed. Und du hast kläglich versagt!"

Die letzten Worte hatte er mit großer Wut ausgesprochen. Er hatte jetzt seine AK-57 hochgenommen und richtete sie auf den völlig schockierten Afghanen. Amiri hob abwehrend beide Hände, konnte aber nicht verhindern, dass Karimi abdrückte. Zwei Schüsse bellten auf, und die Kugeln trafen ihn in die linke Brust. Er taumelte zur Seite und stürzte zu Boden. Nur wenige Sekunden später bewegte er sich nicht mehr.

Keiner der anderen Taliban sagte etwas. Aber ihre Blicke waren eindeutig. Sie hielten den toten Abed Amiri ebenfalls für schuldig. Dass ein Versager wie er jetzt seine gerechte Strafe erhalten hatte, war für sie die logische Konsequenz.

Hamid Karimi steckte seine Waffe ein und wandte sich ab. Den toten Amiri beachtete er nicht mehr. Für ihn würde der blutige Kampf um die Eroberung von Kabul weitergehen. Auch wenn er und seine Glaubensbrüder heute eine Niederlage hatten hinnehmen müssen!

ENDE

Band 2: Mission Ukraine erscheint wahrscheinlich Januar/ Februar 2025

Ihre Zufriedenheit ist unser Ziel!

Liebe Leser, liebe Leserinnen,

hat Ihnen unser Buch gefallen? Haben Sie Anmerkungen für uns? Kritik? Bitte zögern Sie nicht, uns zu schreiben. Wir werden jede Nachricht persönlich lesen und beantworten.

Schreiben Sie uns: info@ek2-publishing.com

Wussten Sie schon, dass Sie uns dabei unterstützen können, deutsche Militärliteratur sichtbarer zu machen? Bitte nehmen Sie sich einen Moment Zeit und bewerten Sie dieses Buch auf Amazon. Viele positive Rezensionen führen dazu, dass das Buch mehr Menschen angezeigt wird.

Sie können somit mit wenigen Minuten Zeitaufwand unserem kleinen Familienunternehmen einen großen Gefallen tun. Vielen Dank für Ihre Unterstützung!

PS: In seltenen Fällen kommt ein Buch beschädigt beim Kunden an. Bitte zögern Sie in diesem Fall nicht, uns zu kontaktieren. Selbstverständlich ersetzen wir Ihnen das Buch kostenlos.

Verpassen Sie keine Neuerscheinung mehr!

Tragen Sie sich in den Newsletter von *EK-2 Militär* ein, um über aktuelle Angebote und Neuerscheinungen informiert zu werden und an exklusiven Leser-Aktionen teilzunehmen.

Link zum Newsletter:
https://ek2-publishing.aweb.page

Über unsere Homepage:
www.ek2-publishing.com
Klick auf *Newsletter*

***Oder via Google** -> EK-2 Verlag*

Als besonderes Dankeschön erhalten Sie **kostenlos** das E-Book »Die Weltenkrieg Saga« von Tom Zola. Enthalten sind alle drei Teile der Trilogie.

Deutsche Panzertechnik trifft außerirdischen Zorn in diesem fesselnden Action-Spektakel!

Entdecken Sie weitere packenden Militär-Thriller mit Bundeswehr-Backround!

Nach Jahren als „Contractor" in Syrien und anderen Krisengebieten, freut sich der langjährige Veteran Kris Jäger auf seine Rückkehr nach Deutschland. Da erhält er einen Anruf von seinem Kumpel Griffin, den er noch aus Bundeswehr-Zeiten kennt. Schnell wird klar: Aus Kris' Plänen, in der Heimat eine ruhige Kugel zu schieben, wird nichts.

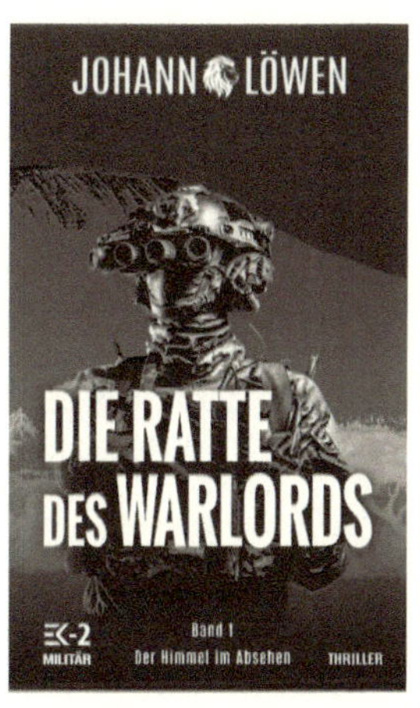

Der ehemalige KSK-Elitesoldat Dirk Keppler hat die Bundeswehr verlassen und arbeitet nun als Mitarbeiter für die UNO. Die wilde Landschaft Afrikas fasziniert und fesselt ihn. Doch durch traurige Schicksalsschläge und grausame Ereignisse verliert der ehemalige Bundeswehrsoldat den Glauben an die humanitäre Hilfe und sieht darin keinen Sinn mehr.,

Eine Veröffentlichung der EK-2 Publishing GmbH

Friedensstraße 12
47228 Duisburg
Registergericht: Duisburg
Handelsregisternummer: HRB 30321
Geschäftsführerin: Monika Münstermann

E-Mail: info@ek2-publishing.com
Website: www.ek2-publishing.com

Cover: Mario Heyer
Autorin: Alfred Wallon
Lektorat: Heiko Piller
Buchsatz: Heiko Piller

1. Auflage, Oktober 2024

www.ingramcontent.com/pod-product-compliance
Lightning Source LLC
LaVergne TN
LVHW091322190726
843491LV00002B/525

* 9 7 8 3 9 6 4 0 3 4 1 6 8 *